Tucholsky Wagner Zola Scott Fonatne Sydow Freud Schlegel
Turgenev Wallace
Twain Walther von der Vogelweide Fouqué Friedrich II. von Preußen
Weber Freiligrath Frey
Fechner Fichte Weiße Rose von Fallersleben Kant Ernst Frommel
Richthofen
Hölderlin
Engels Fielding Eichendorff Tacitus Dumas
Fehrs Faber Flaubert Eliasberg Ebner Eschenbach
Feuerbach Maximilian I. von Habsburg Fock Zweig
Ewald Eliot Vergil
Goethe London
Elisabeth von Österreich
Mendelssohn Balzac Shakespeare Dostojewski Ganghofer
Lichtenberg Rathenau Doyle Gjellerup
Trackl Stevenson Hambruch
Mommsen Tolstoi Lenz Droste-Hülshoff
Thoma Hanrieder
von Arnim Hägele Hauff Humboldt
Dach Verne Hagen Hauptmann Gautier
Karrillon Reuter Rousseau Baudelaire
Garschin Defoe Hebbel
Damaschke Descartes
Hegel Kussmaul Herder
Wolfram von Eschenbach Dickens Schopenhauer Rilke George
Bronner Darwin Melville Grimm Jerome
Campe Horváth Aristoteles Bebel Proust
Bismarck Vigny Barlach Voltaire Federer Herodot
Gengenbach Heine
Storm Casanova Tersteegen Grillparzer Georgy
Chamberlain Lessing Langbein Gilm Gryphius
Brentano Lafontaine
Strachwitz Claudius Schiller Kralik Iffland Sokrates
Bellamy Schilling
Katharina II. von Rußland Gerstäcker Raabe Gibbon Tschechow
Löns Hesse Hoffmann Gogol Wilde Vulpius
Luther Heym Hofmannsthal Klee Hölty Morgenstern Gleim
Roth Heyse Klopstock Kleist Goedicke
Luxemburg Puschkin Homer Mörike
Machiavelli La Roche Horaz Musil
Navarra Aurel Musset Kierkegaard Kraft Kraus
Nestroy Marie de France Lamprecht Kind Kirchhoff Hugo Moltke
Laotse Ipsen Liebknecht
Nietzsche Nansen Ringelnatz
Marx Lassalle Gorki Klett Leibniz
von Ossietzky May vom Stein Lawrence Irving
Petalozzi Knigge
Platon Pückler Michelangelo Kafka
Sachs Poe Kock
Liebermann Korolenko
de Sade Praetorius Mistral Zetkin

Der Verlag tredition aus Hamburg veröffentlicht in der Reihe **TREDITION CLASSICS** Werke aus mehr als zwei Jahrtausenden. Diese waren zu einem Großteil vergriffen oder nur noch antiquarisch erhältlich.

Symbolfigur für **TREDITION CLASSICS** ist Johannes Gutenberg (1400 — 1468), der Erfinder des Buchdrucks mit Metalllettern und der Druckerpresse.

Mit der Buchreihe **TREDITION CLASSICS** verfolgt tredition das Ziel, tausende Klassiker der Weltliteratur verschiedener Sprachen wieder als gedruckte Bücher aufzulegen – und das weltweit!

Die Buchreihe dient zur Bewahrung der Literatur und Förderung der Kultur. Sie trägt so dazu bei, dass viele tausend Werke nicht in Vergessenheit geraten.

Auf dem Heilwigshof

Marie Hirsch

Impressum

Autor: Marie Hirsch
Umschlagkonzept: toepferschumann, Berlin

Verlag: tredition GmbH, Hamburg
ISBN: 978-3-8424-1199-9
Printed in Germany

Alles in der Welt vergeht. Jugend und Glück, und Treu' und Glauben, heiße Lieb' und feste Freundschaft, was dauert denn? Nicht einmal das Leben das Schlechteste von allen. Und so findet – man sollt's nicht denken – sogar auch eine Familiengesellschaft auf dem Lande zuletzt ihre Endschaft.

Wenn man gegen ein Uhr mittags zusammengekommen ist, kräftig gespeist, darauf den Kaffee getrunken, eine Partie Billard oder L'hombre miteinander gemacht, etwas Kuchen zur Vesper genommen, noch die Pferde besichtigt und einen Blick in den neuen Schafstall getan hat, während die Damen bei ihrem Strickstrumpf in ehrbar lehrreichen Gesprächen über Wirtschaft und Kinderzucht die Stunden verbrachten, so rückt allmählich, allmählich die Zeit für das Abendessen heran. Und ist das aufgedeckt und verzehrt, genügend mit gutem Rot- oder Rheinwein hinuntergespült – die Herren Inspektoren und Volontäre helfen getreulich – so ist es wohl nahe an 11 Uhr geworden, und bleibt nichts übrig, als Abschied zu nehmen. Der Bruder Sanitätsrat besteigt seinen Braunen; der Schwager Amtsrichter mit Frau und Kindern richtet sich ein auf seinem Gefährt, so gut es eben der Raum gestattet; der Neffe Förster und der Herr Pastor gehen zu Fuß. Es währt nicht sehr lange, so ist kein Gast mehr auf dem alten Heilwigshofe, bis auf den einen, der hier daheim ist, der neben dem Gutsherrn auf den Stufen vor der Tür des breiten, vielfenstrigen Wohnhauses steht und den sich Entfernenden nachschaut.

»Endlich!« sagte er.

Johannes Heilwig wendet sich zu seinem Freunde: »Schien dir es so lang'?«

»Ich denke, ein wenig ... Bist du jetzt für mich zu haben?«

»Sogleich. Geh nur voran. Ich komme.«

Doch das kann so schnell nicht geschehen. Es gibt für den Hausherrn noch so manches abzutun. Der Verwalter erstattet Rapport; Fräulein Dreesen, die brave ältliche Wirtschafterin – sie hat inzwischen aus der Diele, dem Mittelraum und Empfangssaal des Hauses, die Sessel und Tische schon wieder an ihre Plätze gerückt – will wissen, was für morgen angeordnet ist; der Stallmeister berichtet von dem Ergehen der jüngsten Fohlen, und der Wächter – er ist

Rademacher bei Tage – fragt an, ob er jetzt schließen solle. Heilwig tritt hinaus auf die Rampe, um, wie jeden Abend, zu sehen, daß alles mit rechter Ordnung zugeht. Draußen neben dem hohen Tor, das gegen die Straße, welche zum Dorf führt, den Gutshof abgrenzt, macht jener die Diana los von der Kette, riegelt die schweren Torflügel zu. In langen Sätzen kommt der Hund, rund um den kleinen Rasenplatz, der vor der Anfahrt zum Hause liegt, zu seinem Herrn herangesprungen, sich den klugen Kopf von ihm streicheln zu lassen. Der alte Friedrich, der in seiner tadellosen Livree, mit dem glattgebürsteten, schneeweißen Haupthaar und der strammen Haltung, stumm wie ein Schatten, Heilwig auf Schritt und Tritt gefolgt ist, räuspert sich:

»Der Herr wollten morgen um vier Uhr geweckt sein,« beginnt er mahnend, »aufs Feld zu reiten ...«

»Du hast recht, es ist spät. So geh nur schlafen, ich brauche dich nicht mehr, gute Nacht.« – Und er tritt in das blaue Zimmer zur Rechten, wo der Gast seiner wartet: »Nun also – was gibt es? was wünschst du von mir?«

»Ich von dir!« – Der andere bleibt stehen in seinem ungeduldigen Lauf durch das Zimmer – »ich dächte, du hättest mir etwas zu sagen.«

»Du meinst?«

»Johannes, weshalb bin ich hier? Das will ich wissen. Es kann nichts Gutes sein, obwohl du dein allerzufriedenstes Hundertfuderweizengesicht behaglich zur Schau trägst. In all den Jahren, seit wir uns kennen – wie viele es sind, ich weiß es kaum selbst mehr – in all dieser Zeit bin ich sehr oft, vom Zufall, von Laune, von verzweifelter Stimmung getrieben, auf den Heilwigshof gekommen; von dir gerufen, noch nie bis heute.«

»Weshalb kamst du denn nicht, wie ich dich erwartet hatte, schon früh am Morgen?«

»Das fragst du mich nun zum dritten Male. Als ob sich dadurch irgend etwas verändert hätte! Deine ehrenwerten Verwandten wären noch nicht bei der Suppe gewesen, statt daß ich sie so beim Braten antraf. Den Verlust dieses halben Diners, wahrlich, den will ich leicht verschmerzen. Übrigens, wenn du durchaus den Grund meiner Zögerung wissen mußt: als ich in der Stadt aus der Bahn stieg und den Kutscher Karl, deine Pferde, den Wagen sah und gleichzeitig erfuhr, du seist gesund und kein Unglück geschehen – da fiel mir ein schwerer Stein vom Herzen, daß ich all meiner Sorgen vergaß ...«

»Nun und?«

»Da habe ich mir, ehe ich weiterfuhr, ein paar Bauern gezeichnet, Auswanderer mit vergrämten Gesichtern, die sich an der Station mit ihren Sachen gelagert hatten. Mir schien die allzugroße Eile nicht mehr nötig.«

»Ich dachte, du hättest Stift und Pinsel für immer verschworen?«

»Schrieb ich das? es ist wohl möglich. Denn manchmal packt es mich wie Verzweiflung. Ich muß mich fragen, wer in der Welt denn glücklicher davon wird, oder klüger, oder gar besser, daß ich noch ein halbes Dutzend reinlicher weißer Leinwandstücke – unbrauchbar mache. Und ob ich nun schöne Römerinnen male, oder häßliche Proletarier, ob die Nachwelt mich loben wird oder tadeln – wenn sie überhaupt sich dessen erinnert, daß ein Paul Gordon einst existierte – das alles erscheint mir so grenzenlos unwichtig dann und so gleichgültig, daß ich am liebsten den ganzen Plunder, den man leben und malen benamst, beiseite würfe. Was mich zurückhält, Alter, weißt du's? Es ist der Gedanke, daß da droben im Norden, hinter Teterow, wo die gebildete Menschheit aufhört, ein Mann lebt, mit einer so dicken, guten, ehrlichen Haut, und daß dem mein Auf- und Davongehen möglicherweise wehtun könnte.«

Der Gutsherr streckte ihm nur die Hand hin.

»Aber du ließest mich doch nicht kommen, daß ich dir meine alten Schmerzen vorklagen sollte? Oder haben mich die Heilwigs wieder verklatscht? Weiß Gott, sie strecken ihre Spionenarme, glaube ich, über halb Europa aus und erfahren genauer, als man's in Rom ober in Paris weiß, was in meinem Atelier vorgeht. Haben sie dir schon gesteckt, weshalb deine Bitte, jetzt zu kommen, mir unbequem war, mich zögern ließ?«

»Die Heilwigs haben andres zu denken als an deine Liebschaften, mein Junge.«

»Ja wahrhaftig, das schien mir fast selbst so. Was ist denn in deine Verwandten gefahren, daß sie mich heute mit so ausgesuchter Höflichkeit behandelten? Sonst sahen sie, wie mein guter Feind, der Friedrich, in mir immer nur noch den Vagabunden, als welchen du mich zu allererst hier ins Haus gebracht hast. Aber heute: rsaquo;ein so berühmter Maler wie Sie!rlsaquo; – rsaquo;ein Mann, der so viel Schönes geschaffenrlsaquo; – rsaquo;Sie sind ein Dichter, wahrlich, Herr Gordonrlsaquo; – wie kommen denn die guten Leute zu diesen gedrechselten Redensarten, mit denen ich in der sogenannten Gesellschaft zwar mir die Taschen vollstopfen kann, die ich aber hier, auf dem Heilwigshof, hören zu müssen nicht gewohnt war?«

»Ich sagte es dir schon, sie haben anderes im Kopfe, sie fürchten dich nicht mehr.«

»Fürchten? und mich! Aber ums Himmels willen, Johannes, was konnten die Heilwigs und die Müllers und deine werten Neffen und Vettern von mir denn fürchten?«

»Wärest du etwas früher gekommen, hätte ich dir vor Tische gesagt, was ich dir berichten wollte, und dann zur guten Mahlzeit den anderen es auch mitgeteilt.«

»Schon wieder! – Nun also, da ich um jene eine kostbare, unwiederbringliche Stunde zu spät kam – was nun, Pedant?«

»Nun werde ich es jedem einzelnen schriftlich anzeigen müssen. Und das Schreiben, wie du weißt, ist nicht meine Sache. Viel reden zwar auch nicht. Doch kurz und gut, du bist mein Freund. Deshalb hatte ich mir vorgesetzt, dir eher als allen anderen zu sagen, daß ich mich verheiraten will.«

»Daß du...!«

»Ja, so ist's, Die Heilwigs werden höchstwahrscheinlich nicht einverstanden sein. Mir scheint, sie ahnen schon so etwas. Doch du, was du dagegen haben könntest, das wüßte ich nicht. Zum Glück spielt zwischen dir und mir das Geld keine Rolle, auf meine Erbschaft wartest du schwerlich. So wird denn für dich der einzige Unterschied darin bestehen, daß, wenn du künftig zum Besuch kommst, eine kleine Frau im Haus ist, mit welcher du über deine Interessen, Bilder, Bücher, was weiß ich, was dich beschäftigt –

besser als mit einem ungebildeten Bauern dich unterhalten kannst. Und somit...«

»Es ist merkwürdig heiß hier. Ich bin kein Bauer wie du, ich bin deshalb der frischen Luft nicht so abgeneigt. Gestatte, daß ich das Fenster öffne.«

»Paul!«

»Sieh da, die Diana! Der gute Hund kennt mich wahrhaftig noch. Es ist zum Verwundern. Besonders, da's eine Hündin ist.«

»Paul, komm zurück von deinem Fenster.«

»Zu Befehl, Herr Heilwig.«

»Setze dich her.«

»Was geruhen Ew. absolute Majestät sonst noch zu wünschen?«

»Daß du vernünftig redest. Du kannst doch im Ernste nicht glauben, daß ich dich um einen Gedanken, um einen Atemzug weniger gern haben, weniger dein Freund sein könnte, weil ich in mein Haus eine Frau nehmen will?«

»Ich habe mir allerdings angemaßt, so etwas dergleichen zu denken. Es wird dir, vermute ich, nicht ganz neu sein, daß die Liebe in der Welt für ein berauschenderes Getränk gilt als Männerfreundschaft.«

»Die Liebe? Vielleicht, wie du sie verstehst. Du weißt, ich bin ein fester Trinker und kann ein gutes Glas vertragen; mir steigt so leicht kein Wein zu Kopfe. Und dann – ist es denn auch Wein? Bisher war mir unsere Freundschaft das und soll es, denke ich, auch bleiben, was das Leben reich macht und heiter. Daß du, Paul, du, auf ein armes, junges Ding eifersüchtig werden könntest, das hätte ich mir nicht träumen lassen.«

»Nun denn, ich bin's, eifersüchtig und mißtrauisch zugleich. Alle schlechten Eigenschaften, die ein Menschenherz zu beherbergen vermag, die sind in mir. Ich will nicht, daß sich hier und in dir irgend etwas verändert. Du bist mir immer der ruhende Pol in der Erscheinungen Flucht gewesen, wenn mich das Leben um und um trieb. Und an das Glück, das du mir ankündigst, glaube ich nicht.

Obwohl ich noch nicht einmal weiß, wie es aussieht und wer dies Glück ist.«

»Du glaubst nicht dran? Ich denke, du solltest mich doch kennen und mir vertrauen; ich weiß, was ich tue. Es ist die Komtesse Willfriede Markow, die Tochter des alten, gelehrten Grafen, die ich heimführen will.«

»Also richtig. Man munkelte vorhin so etwas bei Tische. Ich wollte es nicht hören. Erster Grund, eine Frau zu nehmen: daß sie an Alter, an Stand und Erziehung zu uns nicht paßt. Zweiter: daß sie bettelarm ist, verwaist und schwächlich – sie hinke, sagte dein Schwager Müller –, daß sie wahrscheinlich eine Gesellschafterinnenstelle annehmen müßte, wenn sich nicht ein braver Mann fände, gutmütig genug, sein selbst erworbenes Vermögen, seinen schönen Besitz, seinen hochgeachteten Namen und sein edles Herz dem Fräulein Komtesse zu Füßen zu legen, damit ihre adeligen Hackenpantoffeln hübsch darauf herumtrampeln können.«

»Paul, du vergißt ...«

»Jawohl, verzeih mir, ich vergaß den einen und einzigen stichhaltigen Grund, der einen Mann antreiben darf, sich von einem Weibe den klaren Kopf verdrehen zu lassen: nämlich eine heiße, unsinnige Liebe. Davon scheinst du nicht viel zu verspüren. Du, Apostel der kühlen Vernunft, willst heiraten, damit dein Freund, wenn er künftig zum Besuch kommt, – wie nanntest du's doch? – passende Unterhaltung finde über Kunst und Wissenschaften. Hat der Gedanke allein dich erfüllt, als du deine Verlobung gefeiert?«

»Ich habe sie noch nicht gefeiert.«

»Nicht? So ist's noch Zeit? Johannes, ich beschwöre dich! Ich kenne sie nicht. Aber ich kenne sonst die Weiber – besser als du. Von meiner Mutter an, die – bevor die Schuh' verbraucht, womit sie meines Vaters Leiche folgte – Hochzeit machte mit seinem Bruder; von dieser ersten angefangen, die Basen und Muhmen, Modelle später, Freundinnen und Verehrerinnen, ich kenne sie! Und – laß es dir sagen – sie sind eine Männerfreundschaft nicht wert!«

»Das meine ich auch.rlsaquo;

»Und doch!«

»Eben deshalb. Es scheint mir nicht von so großer Wichtigkeit, ob von zwei Freunden sich einer ein Weib nimmt oder gar, ob beide es tun. Wenn zum Beispiel du dich entschließen wolltest – –« »Ich!« – Paul lacht hell auf. Er setzt sich Heilwig ganz nahe gegenüber und nimmt seine Hände und schaut ihm ins Auge: – »Im Ernst, Johannes, da du den Schritt noch nicht getan hast, tu's lieber nicht, ich bitte dich.«

Johannes raucht ruhig. »Du findest mich zu alt?«

»Wahrhaftig, daran dachte ich noch gar nicht. Wie alt bist du denn eigentlich? Als wir uns kennen lernten, warst du, – wart einmal, – du warst …«

»Sagen wir: so etwa vierzig.«

»Seitdem ist viel Zeit verflossen. Ob's ein Jahrzehnt war oder zwei, dir sieht man's nicht an, Mensch, wie kann man sich so konservieren! Ich glaube, wenn ich dich mir so betrachte, man hielte dich heute kaum noch für vierzig. Du hast ja kein graues Haar an den Schläfen und trägst dich stramm, als wärst du ein Jüngling.«

»Das macht die Landluft.«

»Ich dagegen –«

»Ja, wenn ich noch denke, wie ich dich damals gefunden habe, ein schmächtiges, halbreifes Bürschchen, die brennenden Augen, das wirre, lange Haar und die Schultern…«

»Ich bin seitdem nicht schöner geworden. Und was die wehenden Künstlerlocken anbetrifft,« – Paul streicht sich mit der Hand von der hohen Stirn ein paar grau untermischte Strähne zurück, – »die macht man mir jetzt nicht mehr zum Vorwurf.«

»Tat ich das je? Mich dünkt, um so äußerliche Dinge, wie wehendes Haar oder ein adeliger Name es sind, sollte man keinen Menschen verdammen. Ich, der ich hier, wie du oftmals sagtest, auf dem fetten Weizenboden nur für Vieh und Felder lebe, ich habe von meinen Äckern gelernt, daß man über nichts urteilen darf, was man nicht erforscht hat, bis in die innerste Bodenkrume.«

»Gut, ich will nichts mehr gegen sie sagen, bis ich sie kenne. Liebt sie dich denn?«

»Wie kann ich das wissen?«

»Aber daß sie dich nehmen wird, weißt du?«

»Ich denke, ja.«

»Du bist noch nicht sicher?«

»Ich erzählte dir schon, daß ich es für meine Pflicht gehalten, zu allererst dir und darauf meinen Brüdern und Schwestern von der Sache Mitteilung zu machen.«

»Eh' du mit ihr selber gesprochen? Sie weiß noch von nichts?«

»Gar nichts. Ich verlobe mich morgen. Den Geschwistern schreibe ich vorher.«

»Und wenn du geschrieben hast und sie will nicht?«

Herr Heilwig schüttelte nur den Kopf. Daß jemand nicht wolle, was er wollte, das war ihm in seiner langen Praxis als Gutsherr und Gebieter in Haus und Familie nicht vorgekommen.

»Ich beschwöre dich, Johannes,« wiederholte leidenschaftlich der Künstler, »wenn du noch nicht gebunden bist, so tu es nicht, überlege es wenigstens noch. Du bist allzulang' gewöhnt, nur dein eigener Herr zu sein, einzig nach deinem Ermessen zu handeln. Wie willst du's ertragen, eine zweite, gleichberechtigte Macht neben dir zu sehen, weiblichen Wünschen oder Launen dich fügen zu müssen!«

Johannes erhob sich. »Nun, wir werden ja sehen. Einstweilen schlaf wohl.«

Als Paul Gordon allein geblieben, stieß er das Fenster vollends auf. Es war still draußen. Von den großen Stallungen her, die zur Linken und Rechten des breiten, zweistöckigen Herrenhauses, das Viereck des Hofes einschließend, sich bis an die Umfassungsmauer hinzogen, klang zuweilen ein leises Grunzen oder Knurren der schlafenden Tiere. Die Diana lag im weißen Mondlicht auf den Stufen der Rampe vor der Haustür. Den Kopf auf ihre Pfoten gesenkt, schien sie gleichfalls sanft zu schlummern. Doch als der Wächter gegangen kam, seine allstündliche Runde zu machen, hob der Hund die feine Schnauze und ließ einen kurzen, gedämpften Ton vernehmen, zum Zeichen, daß auch er auf der Hut sei.

Paul lehnte sich in das grüne Blattwerk, – der Weinstock, der am Haus emporwuchs, war durch ein Loch in der Fensterwandung nach innen gezogen und trieb hier im Zimmer seine Ranken und seine nie reifenden harten Trauben lustig weiter; – wie gut kannte er jeden Ton, eine jede Bewegung in Haus und Hof.

Da er zuerst hier eingekehrt, war er, wie Johannes gesagt, fast ein Knabe gewesen. Er war seinen Eltern davongelaufen. Herr Heilwig hatte den jungen Menschen, müde von tagelangem ziellosen Wandern, auf der Landstraße angetroffen, hatte ihn, ohne viel nach woher noch wohin zu fragen, mit sich genommen. Der Gutsbesitzer war dazumal auch noch Gerichtsherr; Landstreicher pflegte er streng zu bestrafen. Doch dieser blasse Vagabund, im verregneten und trotzdem noch sorgfältigen Anzug, mit der verzweifelt düsteren Miene, der sich, er selber wußte nicht wie, in diese Gegend her verirrt, der war denn doch zu jung, hatte auch sonst kein nachweisbares Verbrechen begangen, das ihn für das Dorfgefängnis reif scheinen ließ. So quartierte Heilwig ihn, zu des alten Friedrich Entsetzen, neben seinem eigenen Schlafgemach in dem blauen Zimmer ein, wo er ihn unter den Augen hatte. In diesem selben blauen Zimmer machte Paul ihm nächsten Tages sein Geständnis. Er war wohlhabender Leute Kind. Die Gordons betrieben zu Hamburg, wo der Ahnherr, ein vorsichtiger, sparsamer Schotte, vor hundert Jahren eingewandert, ein hochgeachtetes Handlungsgeschäft, waren alle brave, höchst ehrbare Leute. Die Mutter wollte es nie begreifen, was diesem einzigen aus ihrer wohlgeratenen Kinderschar den fremden Tropfen eingeflößt, daß er den gebahnten Weg nicht gehen mochte. Er selber wußte es nur zu gut. Da er, vierzehnjährig, erlebt, wie seine Mutter, die Witwe des älteren Paul Gordon, kaum zwölf Monde nach dessen Tode Frau Hermann Gordon geworden war, da wandelte sich ihm das Blut; sein »edler Geist« ward ihm zerstört, so wie der Hamlets. Nun konnte er sich nicht mehr fügen. Er haßte alles, was jene liebten. Um nichts in der Welt wollte er dasselbe werden, was sein Stiefvater war. Und da zu einem anderen Beruf die Eltern nicht ihre Zustimmung gaben, da war er ihnen davongegangen.

Herr Heilwig hatte damals die Beichte schweigend gehört. Er wußte zwar nicht viel von Hamlet. Aber er selbst hatte eine Stiefmutter gehabt. Und wenn er mit ihr auch im allerschönsten Frieden gelebt, so begriff er dennoch des Jünglings verbitternden, brennenden Schmerz. Trotzdem entschied er, Paul müsse vorerst zurück zu den Seinen und Abbitte leisten. Er begleitete ihn nach Hamburg, was damals, zu Anfang der fünfziger Jahre, wo es noch nicht eine direkte Eisenbahn gab, für den vielbeschäftigten Gutsbesitzer kein so geringes Opfer an Zeit war. Als er dort von den Eltern erfahren, daß der Flüchtling wahr geredet, daß ihn nicht eine tiefere Schuld davongetrieben hatte, und nun sah, wie die Mutter des Sohnes sich schämte, der Vater ihn geringschätzig behandelte, der Jüngling selbst eine trotzige Miene zur Schau trug und seine schlimmsten Seiten im Verkehr mit jenen zeigte, da legte sich Heilwig kurz entschlossen ins Mittel. Vor allem, erklärte er, tue es not, daß der blasse, allzu schnell aufgeschossene Bursche Kräfte gewinne. Und deshalb gedenke er, Johannes Heilwig, ihn mit sich aus das Land zu nehmen, wo er fleißiges Arbeiten und friedliches Ausruhen lernen könne. Was weiter zu geschehen habe, das werde sich finden.

Die Eltern willigten mit Freuden ein. Dem Jüngling erschien der Vorschlag wie Rettung. Als die beiden allein im Postwagen saßen, hatte er dem älteren Manne, zum Danke für seine befreiende Tat, seine Freundschaft angeboten. Herr Heilwig mußte ein wenig lächeln. Dann aber nahm er die dargereichte Hand in die seine. »Gut, willst du mein Freund sein, so zeig, daß du's bist durch das, was du tust. Daß ich der deine bin, hast du erfahren.«

So war es gekommen, daß Paul Gordon mit anderen jungen Volontären ein Jahr auf dem Heilwigshof verlebte. Nicht als ob er von der Landwirtschaft in dieser Zeit viel mehr erlernt hätte, als auf welchen Bäumen im Garten die besten und saftigsten Kirschen wachsen und wie man sich beim Erntebinden am leichtesten mit einem Kuß loskauft. Freilich auch, wie über dem gelblich reifenden Kornfeld fern, fern im Duft die Lerche aufsteigt, wie die braungefleckten Kühe auf grüner Wiese gegen den blauen Himmel stehen, und wie hoch droben die Wolken ziehen, daß sich das Herz sehnt, ihnen zu folgen. Als das Jahr um war, wußte er, fester noch als vorher, daß er nur Maler werden könne.

Heilwig hatte in dieser Zeit seinen jungen Hausgenossen so lieb gewonnen, daß es ihm schwer fiel, ihn von sich zu lassen. Er hätte ihn gern hier zum Landmann gemacht. Zwischen all den Neffen und Vettern, Untergebenen, Dienstleuten, die von ihm Beistand erwarteten, denen er nur der reiche Onkel, der vielvermögende Gutsherr war, an den sie sich um Hilfe wandten, erschien der eine, welcher nichts begehrte als Freundschaft, ihm selten wie ein weißer Rabe. – Paul dachte daran, wie der ernsthaft praktische Mann auf seine Träumereien verständnisvoll eingegangen war, wie er, der von dem Leben der Welt draußen herzlich wenig, von Kunst und Malen gar nichts wußte, für alles, was den Freund betraf, Sinn und Augen offen hielt. Der junge Maler hatte es ziemlich bunt getrieben. Die Gordons in Hamburg schlugen die Hände kopfschüttelnd zusammen; die Heilwigs und Müllers machten bedenklich lange Gesichter, sprachen düstere Warnungsworte. Johannes lächelte – dies war alles, was er auf die Klagen, die Anschuldigungen, die ihm von verschiedenen Seiten über seinen Schützling zu Ohren kamen, geantwortet hatte. Da er ihn einmal in sein gutes, großes Herz aufgenommen, saß er fest und sicher darinnen, daß ihn nichts wieder austreiben konnte.

So unwandelbar würde er auch an die junge Adelige glauben, wenn sie sein Weib ward, so blindlings würde er ihr vertrauen. Ob sie's wert war? In schwerem Sinnen schritt Paul auf und nieder. Von der Seitentür her, die zu Johannes' Zimmer führte, tönte gleichmäßig taktfestes Atmen. Er horchte darauf. Wer so seelenruhig, so gesund in der Nacht vor seiner Verlobung zu schlafen vermochte, wer über diese annoch fragliche Verlobung und ihre Folgen so sicher und selbstgewiß denken konnte, der war auch darin eben einzig. Und wenn die häßliche Kinderkrankheit, die man das Verliebtsein benennt, andere Männer in ihrer Grundtonart ummodeln mag, und wenn auch Paul Gordon mehr als einmal in solchem Anfall sich selber untreu werden gefühlt, – dem würde es nicht so ergehen. Er würde jede Gefahr besiegen, würde auch danach der Alte bleiben, ob mit Weib, ob ohne Weibeseinfluß, der Freund und ein Mann. – Und Paul schloß behutsam den Fensterflügel.

Als nächsten Tages im Morgengrauen der Hausherr frisch ausgeschlafen, bereit zur Arbeit und hochgestiefelt sein Pferd bestieg, über Feld zu reiten, lag der Gast im tiefen, traumlosen Schlummer.

Es war am späten Nachmittag. Der Postbote war mit gefülltem Sack soeben fortgeritten. Herr Heilwig trat bei dem Freunde ein: »Fährst du mit mir?« – Sie bestiegen den wohlbekannten hohen Jagdwagen mit den zwei Braunen aus eigener Zucht, Johannes kutschierte. Rund um den kleinen Rasenplatz, zum Hoftor hinaus, durchs Dorf ging es und in schnellerem Trabe zu der großen Landstraße, die schnurgerade zwischen zwei hohen Pappelreihen sich bis zu dem nächsten Städtchen hinzieht. Links und rechts lagen noch weit die reichen Felder des Heilwigshofes. Wo ein Mann von der Arbeit kam, grüßte er voll Ehrerbietung. Die Kinder, die vor den Türen der Katen sich im Sand der sonnigen Dorfstraße gebalgt, unterbrachen ihre Spiele, standen linkisch da in verlegener Scheu. Die Mägde hinter dem Milchwagen, der eben mit gefüllten Eimern von der Regel zurückkehrte, traten zur Seite, knixten zierlich, zu zweien und zweien, wie sie paarweise gingen. Und der junge Inspektor kam im Galopp an den Wagen herangesprengt, eine Frage zu tun. Heilwig gab kurze, bündige Antwort, was zu geschehen habe, was nicht. Er war der Herr hier, gewohnt zu befehlen, gewohnt, sein Wort als Gesetz hinzustellen und als solches geachtet zu sehen von allen Leuten weit und breit. In eine Welt von Gleichgestellten, wo jeder sich nach dem Nachbarn regelt, wo man nicht Raum hat, frei die Ellenbogen zu brauchen, hätte er schwer sich zu finden gewußt.

Sie fuhren auf der Chaussee eine Stunde und etwas darüber. Dann lenkte Johannes in einen ausgefahrenen Feldweg, der seitwärts abbog und zwischen schlechter gehaltenen Äckern im Zickzack hinging.

»Also doch nach Markow?« fragte Paul.

»Ja,« sagte Johannes. »Ich habe vorhin den Geschwistern geschrieben. Es scheint mir recht so; dem Mädchen ist es eine Hilfe, dir kann es nicht schaden, was spricht noch dagegen? Steh du nur zu mir wider die Spötter, die möglicherweise meinem Alter den Schritt verargen. Weiter brauche ich nichts. Und somit – da sind wir!«

Der jetzige Besitzer des adeligen Gutes, ein Verwandter des verstorbenen alten Grafen, empfing die Herren, führte sie durch das Haus auf eine offene Veranda, die auf den Blumengarten hinausging, und zu seiner Frau. Eine kleine, lebhafte Dame, städtisch gewöhnt und von weltläufiger Höflichkeit, hatte die Gräfin gleich zum Gruße viel zu sagen, zu erzählen, zu fragen. Daß da hinten im Strohschaukelstuhl eine kleine Gestalt in tiefster Trauer, ein Kind auf dem Schoße, saß, beachtete Paul nicht, bis der Knabe durch Lachen und Jauchzen die junge Mutter an seine Gegenwart gemahnte. Da lief sie hin: »Sei still doch, Kuno; ach, ich vergaß, Herr Gordon, Ihnen meinen Ältesten vorzustellen. Und hier – unsere liebe Cousine, Komtesse Willfriede.«

Sie war nicht schön. Er sah es auf den ersten Blick und freute sich dessen. Weshalb, hätte er selbst kaum zu sagen gewußt. Aber es würde ihn mehr geschmerzt haben, wäre Johannes einer glänzenden Kokette ins Netz gegangen. Diese da war blaß und schmächtig. Wie sie in ihren Stuhl gedrückt saß, der blonde Knabe sich an sie schmiegte, sah sie fast selbst noch wie ein Kind aus. Und wie ein solches hob sie die großen, braunen Augen frei zu den Männern.

»Guten Tag, Onkel Johannes; guten Tag, Herr Gordon. Nun lerne ich Sie doch endlich auch kennen. Weshalb sind Sie nie früher, als mein Vater noch gelebt hat, zu uns gekommen?«

»Es tut mir selbst leid, Komtesse. Schelten Sie doch Heilwig deshalb. Warum hat er mich nicht hergebracht!«

»O, der Onkel Johannes,« – wieder nickte sie ihm mit dem Ausdruck zu, wie ein Kind ihn einem wohlgelittenen, alten Verwandten gönnen mag; – »der hätte Sie wohl einmal gebracht, wenn Sie gewollt hätten. Er ist eine Ausnahme unter den Menschen, er tut nur gern, was andere freut.«

»Sie nennen ihn Onkel?« fragte Paul. – Er war auf einen Wink seines Freundes neben dem Mädchen sitzen geblieben, während die beiden anderen Herren, Heilwig und der junge Graf, sich in leisem Gespräch entfernten. Die Hausfrau hatte ihren müden Knaben von Willfriedens Schoß genommen und trug ihn fort. – »Weshalb tun Sie es? Er ist weder Ihr Oheim, noch dünkt er mich so greisenhaft, daß man ihn nicht anders bezeichnen könnte.«

Sie sah ihn erstaunt an: »Onkel Johannes? Ja, wie sollte ich ihn sonst nennen? Wissen Sie denn nicht, daß er bei aller Welt so heißt, seitdem er, noch ein halber Knabe, mit sechzehn Jahren, glaube ich, des Vaters damals kleines Gut, die Sorge für Mutter, Schwestern, Brüder, jüngere wie ältere, übernahm und so allmählich den Neffen wie Nichten, Verwandten, Nachbarn zum Ratgeber und zum Helfer wurde? Den Namen trägt er als einen Vertrauens- und Ehrentitel. Sie selbst, Herr Gordon, sind nicht Sie ihm auch verpflichtet und haben Grund, um ihm zu danken? Man sagte doch ...«

»Daß er mich von der Straße aufgelesen und zum Menschen gemacht hat.«

Sie nickte. »Ja, so ungefähr. Jedenfalls tat er nur, was gut war, und half Ihnen, etwas Rechtes zu werden. Aber – was sind Sie eigentlich jetzt?«

»Maler. Wußten Sie das nicht?«

»Ich hörte es wohl. Nur, – hieß es nicht, Sie hätten eine Oper gemacht?«

»Auch das.«

»Und mehrere Bände Gedichte geschrieben?«

»Finden Sie es tadelnswürdig?«

»Ich weiß nicht recht,« – das kleine Fräulein drückte sich tiefer in ihren weiten Sessel zurück und schaute ihn nachdenklich an; – »ich glaube, wenn ich ein Mann sein könnte, möchte ich nur eins tun, das aber ganz.«

»Dann wären Sie glücklich.«

»Sind Sie das nicht?«

»Komtesse, wir sprachen von Johannes. Der ist Landmann von ganzem Herzen, mit dem sind Sie doch zufrieden?«

Sie lächelte; ihrem schmalen Gesichtchen ließ der schelmische Ausdruck wundersam gut. »Mit dem bin ich zufrieden,« sagte sie, »der weicht nie aus, wenn ich ihn frage.«

Schön war sie nicht. Dazu erschien sie zu zart, zu farblos in den schweren, schwarzen Gewändern, die ihre kleine Gestalt fast erdrückten. Aber zu plaudern, das verstand sie. Ihre Stimme, ein rechtes, helles Kinderstimmchen, zwitschernd und klar, gab ihren klugen Reden und Fragen einen eigenen Reiz. Sie erzählte von ihrem

Vater, der in seiner Jugend ein großer Reisender gewesen, dann, seit er seine Frau verloren, von der Welt zurückgezogen einsam hier auf dem Gut gelebt hatte, mit Studien über altitalienische Maler beschäftigt. Sie hatte ihm bei der Arbeit geholfen, für ihn gelesen und gelernt, war früh und spät um den Leidenden gewesen und hatte nur heimlich, im Herzen manchmal, sich hinaus in die Ferne gesehnt. Nun, da sie vielleicht die erträumte Fremde sehen sollte, nun war der Vater nicht mehr da, sie ihr zu zeigen. Sie blickte trübe vor sich hin, da sie erwähnte, sie wisse noch nicht, was nun mit ihr geschehen werde. – »Aber,« fügte sie halblaut hinzu, »das macht auch nichts. Schön wird's doch schwerlich.«

Drunten im Garten hörte man die Stimmen der Männer, die auf und ab wanderten. Die Gräfin kam ohne ihren Knaben zurück, setzte sich zu Paul und Willfriede und stand wieder auf, als der Graf sie rief. Die kleine Komtesse regte sich nicht in ihrem Lehnstuhl.

»Langweilt es Sie nicht, so geduldig bei mir zu bleiben?« fragte sie; »ich bin sicher, Sie gingen viel lieber mit in den Garten hinab.« – Und als Paul erklärte, er bleibe sehr gern, meinte sie: »Freilich, Onkel Johannes gab Ihnen vorhin ein kleines Zeichen, ihn nicht zu begleiten.«

»Das sahen Sie?«

»Ja. Ich sehe sehr viel. Ich verstehe nicht immer gleich alles. Aber das schadet nicht. Mit der Zeit begreift man's dann doch. Und ich bin geduldig und warte, bis die anderen mir sagen, was für mich zu wissen taugt. Wozu auch sich quälen? Davon wird's nicht besser. Onkel Johannes ist ja dabei; der sorgt schon, daß mir nichts Schlimmes geschieht.«

Sie hatte den Kopf in die Hand gestützt und blickte mit ihren großen, weitsichtigen Augen gerade vor sich hin in das sinkende Dunkel des Gartens. Paul beobachtete sie im stillen. Er wollte prüfen und erwägen, ob dies junge Geschöpf des Schicksals wert sei, was jene ihr bereiteten. Es war ein Glück, das er ihr nicht hatte gönnen mögen. Aber im Anblick der geduldigen kleinen Gestalt überkam ihn etwas wie Mitleid, wie man es für ein Fischchen empfindet, das noch ganz sorglos in der Flut spielt und das Netz nicht spürt, in dem es schon plätschert. Im nächsten Augenblick ziehen die Maschen sich zu, heben sich, und die arme Forelle zappelt im Trockenen, eingefangen. Er hätte es ihr gern verraten, was ihr bevorstand, sie gewarnt, ihren Lebensweg nicht zu bestimmen, eh' sie sich selbst kennen konnte.

Der Diener hatte das Abendessen im Zimmer hinter der Veranda aufgedeckt, er ging hinab in den Garten, zu melden, daß alles bereit sei. Die drei dort unten schienen ihre Konferenz beendet zu haben. Die Gräfin bat Paul, ihr den Arm zu geben, und hielt ihn einen Schritt zurück, um als Hausfrau das andere Paar, Johannes Heilwig und die Komtesse, vorangehen zu lassen. Das junge Mädchen hing dem großen, starken Mann schwer am Arm; er stützte sie, mit der andern Hand hielt sie ihre Krücke gefaßt. Paul hatte halb vergessen gehabt, was Heilwigs Schwager ihm gestern gesagt. Da er ihren schwankenden Gang sah, schrak er unwillkürlich zusammen.

»Sie wußten es gar nicht?« fragte ihn die Gräfin leise.

»O doch, aber ...«

»Aber Sie dachten nicht, daß es so arg sei. Das ist es leider. Und doppelt edel, doppelt schön ist's, wie Ihr Freund sich unserer armen, kleinen Verwandten annehmen will. Wir selbst, wir würden sie ja gern, sehr gern behalten. Aber wir sind auch nicht reich. Und die Kinder, und das große Gut, das der alte, gelehrte Herr so verkommen ließ und ...«

Sie waren am Eßtisch, die Gräfin konnte nicht weitersprechen. Paul saß dem Freunde gegenüber. Der schaute ruhig und sicher drein, mit dem wohlzufriedenen Ausdruck, den Paul das Hundertfuderweizengesicht nannte. Der junge Graf füllte die Gläser. – »Auf fröhliches Beisammenleben!« sprach er und trank Johannes zu.

Heilwig erhob sich. Er trat hinter den Stuhl des Mädchens. – »Friede,« sagte er, »dein Vetter wünscht, daß wir alle hier als gute Landnachbarn beisammen bleiben. Und daß wir dich hier behalten können, das wünsche auch ich. Deshalb, liebe Friede, es gibt ein Mittel: du bist noch jung zwar, aber – aber – willst du trotzdem meine Frau sein?«

Es war ihm mitten in seiner wohlüberlegten Rede vor ihrem ruhig wartenden Blick plötzlich der Faden abgerissen, daß er die Frage sagen mußte, ehe er es gewollt. Aber dies ganz ungewohnte Zweifelsgefühl, das ihn einen Moment überkommen, verschwand, so schnell es entstanden war.

Denn das Mädchen, das ihn erst, ohne mit den Wimpern zu zucken, prüfend angeschaut hatte, erhob sich vom Stuhl – die Krücke fiel ihr unter den Eßtisch – sie griff nach ihm mit beiden Händen: »Onkel Johannes!« – und schlang sich seinen Arm um den Hals und lehnte sich an ihn: »Onkel Johannes, wie bist du gut!« – –

»Nun,« fragte Heilwig, als die beiden wieder auf dem Wagen saßen und heimwärts fuhren, »nun, fürchtest du jetzt noch, daß dies Kind dir etwas von mir wegnehmen werde? Und denkst du noch, der Bürgerliche dürfe nicht solch ein Adelsfräulein in sein Haus führen, noch der alternde Mann sich lächerlich machen durch eine zu schöne junge Frau? Und wenn du über dies alles beruhigt bist, beruhigt sein mußt, da du sie gesehen – bist du jetzt einverstanden, Paul?«

»Ich wünsche dir Glück,« sagte Gordon beklommen, »ich traue es dir zu, daß du wissen wirst, es dir zu erbauen ...«

»Aber du bleibst eben doch der alte, schwarzblickende Zweifler, der an keinem Menschen Gefallen findet, nicht am Mann, noch am Weibe. Sieh hin,« – er deutete mit der Peitsche durch das Dunkel auf eine der geraden Pappeln am Wege; – »kennst du den Baum? Nein? Sie sehen dir alle so ziemlich gleich aus? Mir nicht, ich kenne den da genau. Demnächst will ich ihn durch eine Tafel mit einer Inschrift vor seinen Genossen auszeichnen. Denn unter dieser Pappel dort lehntest du wegmüde, hungrig, zerrissen, als ich vorüberfahrend dich sah. Daß ich den unbekannten jungen Gesellen mir mit ins Haus nahm, das ward mir von allen bedachtsamen Menschen, Brüdern und Schwägern sehr bitter verübelt. Ich hab's nicht bereut. So denke ich denn, auch dies, was ich heute, wider Freundesrat unternehme, soll zum besten ausschlagen.«

»Wir wollen es hoffen,« murmelte Paul.

Die Heirat des Herrn Johannes Heilwig aus Heilwigshof mit der nachgelassenen Tochter des schwer verschuldeten Grafen auf Markow erregte im ganzen Lande Aufsehen. Kopfschütteln und Gerede gab es mehr als genug. Aber zwei Menschen waren, die nicht nach dem Urteil der Leute fragten: Johannes, weil er mit seinem eigenen Gewissen im reinen, überhaupt nicht der Mann war, von irgend etwas sich stören, noch von irgendwem sich in Beschlossenes dreinreden zu lassen; und Willfriede, die in ihrem Schaukelstuhl, mit den Kindern der Gräfin spielend, von dem, was draußen geschah und vorging, kaum erfuhr. Sie hatte nur einen Gedanken jetzt, wie es ihrem armen, geliebten Vater die Sterbestunde erleichtert hätte, hätte er geahnt, daß sein Kind so behütet bleiben werde, und wie sie denen danken sollte, die für sie so liebevoll Sorge trugen, dem Grafen, ihrem Vetter, der Gräfin, – vor allem aber dem Onkel Johannes. Daß sie ihn nicht mehr so anreden dürfe, fiel ihr nicht ein. Als Paul sie darauf aufmerksam machte, erschrak sie, weil sie befürchtete, etwas getan zu haben, was ihrem besten, liebsten Freunde nicht genug der Ehre erweise. Gehorsam bemühte sie sich nun, ihn nur noch bei seinem Vornamen zu nennen. Aber sobald sie ganz natürlich, ganz sie selbst war, vergaß sie es wieder und fiel in die alte Sprechweise zurück. Und der letzte, ihr darum zu zürnen, war Heilwig selber. Die Zeit bis zur Hochzeit – der Gutsherr hatte sie gleich nach der Ernte angesetzt, er liebte es nicht, was geschehen sollte, hinauszuschieben; – die kurzen Wochen vergingen dem Mädchen wie so viele Tage. Dann kam der Abschied von dem Haus, in dem sie geboren, erwachsen war, der ihr schwer fiel wie jeder Braut. Und dann, urplötzlich stand sie in dem neuen Leben, ein neuer Mensch.

Gleich zu Anfang hatte Johannes ihr einen Rollstuhl kommen lassen. Nun reiste er mit ihr nach Berlin, konsultierte verschiedene Autoritäten, gab sie in sachgemäße Behandlung und wachte mit energischer Strenge selbst darüber, daß alles, was irgend heilsam sein konnte, für sie geschah. Er, der sein Gut ungern sonst auch nur auf Tage verlassen hatte, blieb monatelang bei ihr in der Stadt. So erreichte er es wirklich, daß ihr Leiden fast gänzlich gehoben wurde, daß sie ohne Krücken zu gehen vermochte.

Selbst Paul Gordon hätte seine Freude an der jungen Frau haben müssen, wäre er nur wieder einmal auf den Heilwigshof gekommen. Daß er fortblieb, Johannes wahrlich trug nicht Schuld daran. Kein Brief von ihm ging ab ohne die Bitte: Komm, komm bald, ich brauche dich. – Auch Frau Willfriede hatte mehr als einmal schon unter die Worte ihres Mannes einen Gruß und die Aufforderung setzen müssen, sie zu besuchen. Dennoch entschloß der Maler sich nicht, den Süden sobald wieder zu verlassen. Er hatte gerade in dieser Zeit ein paar Bilder geschaffen, die den Leuten zu reden und zu rätseln gaben, so daß sein Name viel genannt ward. Ob er sich dadurch befriedigter fühlte, davon stand nichts in seinen kurzen, wenig regelmäßigen Briefen.

So vergingen etliche Jahre, bis ihn der Heilwigshof wiedersah.

Es war an einem kalten Märztag. Der Schnee trieb in Wirbeln quer über den Gutshof. Als Paul vor der Front des Herrenhauses dem Schlitten entstieg, den er sich von der Stadt aus genommen, da folgte ihm ein heftiger Windstoß in die Tür, ihm die feuchten Flocken bis in die Mitte der Diele nachjagend. Eine Dienerin empfing ihn, bat um seine Karte; sie werde die gnädige Frau befragen, ob diese den Herrn empfangen wolle. Pauls »guter Feind«, – wie er immer den alten Friedrich genannt, der ihn mit wenig erbauter Miene aufzunehmen, doch dann väterlich für ihn zu sorgen pflegte – ließ sich nicht blicken. Die Diele, die er sonst im Sommer als den luftigen Lieblingsaufenthalt aller Hausbewohner gekannt, stand kahl und leer. Es fröstelte ihn. Er stieß die Tür zur Rechten auf, die zu seinem Zimmer führte. Ein starker, ungewohnter Duft kam ihm entgegen. In der Mitte des Raumes stand auf einem langen Tische eine Reihe von Schüsseln aus chinesischem Porzellan, gefüllt mit welken Rosenblättern vom vergangenen Sommer. Also nicht einmal sein liebes, altes Nest, das blaue Zimmer, das Johannes vordem keinem andern gegönnt, war ungestört geblieben. Die Hausfrau benutzte es, ihre Parfüms darin zu bereiten. Ein Gefühl von Fremdheit, von Ausgeschlossensein, das ihn in der großen Welt, gerade während man ihn gefeiert, bewundert hatte, so oft befallen, überkam ihn auch hier, wo er davon zu genesen gehofft. Was ihn von Rom so plötzlich hierher in den Norden getrieben hatte, das war aber nicht die Unbefriedigung über sein Leben allein gewesen. Es war eine Sorge ganz anderer Art, so drückend wie neu für den verwöhnten Genußmenschen, ihm selber verächtlich, doch ernst genug, ihn ratlos zu lassen. Sein Stiefvater, der des Sohnes Vermögen immer noch verwaltet hatte, war mit Hinterlassung beträchtlicher Schulden kürzlich gestorben. Paul hatte auf der Mutter Bitten sich sofort bereit erklärt, um die Ehre der alten, väterlichen Firma zu retten, sein Geld auch ferner als stiller Teilhaber in dem Geschäfte zu lassen. Aber vergebens. Es hatte zum Konkurs kommen müssen, und nun belangten die Gläubiger ihn und wollten ihn, weit über seine Kräfte hinaus, haftbar machen. Der einzige, an dessen Rat er sich wenden konnte, war Johannes Heilwig. Aber würde der noch, wie früher, bereit sein, für ihn einzutreten?

Das Mädchen, welches ihn vorhin empfangen hatte – sie trug, wie er jetzt erst bemerkte, eine Art von Livreekleid und schien ein wunderliches Zwischending von Diener und von Kammerzofe – störte Paul in seinem nicht sehr erfreulichen Denken. Sie sah ihn erstaunt an, daß er es gewagt, sich in das verschlossene Zimmer selbst Einlaß zu schaffen. – »Die gnädige Frau,« so meldete sie mit militärisch gerader Haltung, »lasse sehr bitten; wenn der Herr gestatte, werde sie ihm den Weg in das obere Stockwerk zeigen.« Er aber, schneller, als sie ihm folgen konnte, war schon im Flur und stieg die breite, wohlbekannte Treppe hinauf.

Und da stand, in schlichtem Kleide, schlank, aufrecht, mit ausgestreckten Händen, eine junge Gestalt. – »Wie Johannes sich freuen wird! wie schade, daß er just nicht zu Haus ist, daß er auf das Vorwerk geritten. Aber wie gut, wie hübsch von Ihnen, Herr Gordon, ist es, so unerwartet zu erscheinen, ihn zu überraschen. Denn,« – ihre grauen Kinderaugen schauten ihn vorwurfsvoll dazu an – »denn er liebt Sie sehr und hat Sie entbehrt.«

Sie hatte ihn ins Zimmer geführt, ihm einen Platz gegenüber dem ihren angewiesen. Paul war so erstaunt über ihre Erscheinung, das so viel freiere, sichere Wesen, daß er kaum zur Entgegnung ein Wort fand. »Ja, wissen Sie denn auch,« fuhr sie fort, »wie ich mir heimlich schon vorgesetzt hatte, eine Zeitlang allein zu verreisen, an die See, zu Bekannten, irgendwohin, nur daß Sie zu ihm kämen wie früher? Ich redete mir nämlich ein, Sie ... doch, jetzt ist das vorbei, zum Glück, jetzt sind Sie da und müssen bleiben.« – Da er nicht gleich eine Antwort gab, blickte sie auf und sah seine Augen auf sich gerichtet. Sie errötete. »Sie wundern sich,« sagte sie, »daß ich mich verändert habe. Nicht wahr, es ist selten in meinem Alter, noch zu wachsen? Aber dies alles, auch daß ich so viel kräftiger wurde und gehen kann, das verdanke ich ihm. Denn Sie glauben es gar nicht, wie gut er ist und wie sorgsam, und wie er mich pflegt.«

»Ich glaube es wohl. Aber Sie sind so sehr nicht verändert. Ihr Gesicht ist das alte geblieben,«

»So? Wirklich, das finden Sie?« fragte sie zögernd.

Sie ging von ihm fort und durch das Zimmer. »Friedrich!« rief sie mit heller Stimme zur Tür hinaus. Ihr Gang war kaum schleppend mehr, nur ein Wiegen, das der jungen, weichen Gestalt eine gewisse Würde gab. – Das Mädchen, das ihn vorhin empfangen, brachte das Teegerät. Er fragte nach dem alten Diener.

»Das ist jetzt unser Friedrich,« sagte die junge Frau, »sehen Sie es denn nicht? Es war ein Einfall von Johannes. Der Alte nämlich ward krank und schwach. Damit nun seiner Familie nicht das gute Gehalt entgehe und auch, weil er meinte, es könne mir vielleicht behaglicher sein, mich von einem weiblichen Diener führen und unterstützen zu lassen, hat Johannes dem Mädchen, der Tochter des Alten, die gleiche Stellung, samt Livreeknöpfen und Namen, verliehen.«

»Das sieht ihm ähnlich.«

»Was?«

»Daß er nichts, selbst nicht, was wir anderen, alltäglichen Menschen so ängstlich meiden, das Lächerliche, scheut, wo es gilt, eine Wohltat zu üben.«

»Meinen Sie das, weil er mich geheiratet hat, obwohl ich lahm und häßlich bin?«

Paul erhob sich und trat zu ihr, die am Teetisch beschäftigt war: »Was haben Sie plötzlich gegen mich?«

»Nichts.« Sie schüttelte den Kopf.

»Doch, Sie zürnen mir, weil ich Sie vorhin nicht so viel verändert fand. Ich will's nicht finden. Denn ich will nicht, daß Sie schön sind, Frau Willfriede. Es ist nicht gut, ist für keinen Menschen ein Glück, für Johannes gewiß nicht. Und Sie sind auch nicht schön. Ihr Profil ist unklassisch, die Nase zu kurz. Zwar Ihre Kopfform – und die Augen ...«

Sie hielt sich beide Ohren zu. »Ich weiß ja selbst, daß ich nicht hübsch bin. Nein, nein, gewiß nicht. Ich hatte es mir Wohl gewünscht. Doch wenn Sie meinen, daß es für Johannes nicht gut sei, ich verstehe zwar nicht, weshalb, dann will ich tausendmal lieber als hübsch grundhäßlich bleiben.«

»Und weshalb wünschten Sie sich die Schönheit?«

»O schön, recht schön sein,« sprach sie leise, »daß jeder mich bewundern müßte und ihn beneiden und ihm es sagen. Und alle strebten mir zu gefallen und alle huldigten mir und blickten auf mich. Ich aber, ich ließe sie alle stehen und gehörte nur ihm.«

»Sie sind ein Kind.«

»Ja, er findet das auch und lacht mich aus. Aber Sie, – lieben denn Sie die Schönheit nicht?«

»Nein,« versetzte er hart, »ich hasse sie.«

Sie sah ihn erstaunt an. Zum erstenmal bemerkte sie seine bleiche Farbe, die tiefliegenden, finsteren Augen, die grauen Haare an seinen Schläfen. Er war wahrlich nicht schön. Und sah nicht froh aus. Sie schob einen Stuhl in die Nähe des Ofens, stellte ein Tischchen dazu und darauf die Teetasse, Kognak, Zigarren und Feuerzeug.

»Haben Sie das an Johannes geübt, wie man's einem Manne behaglich macht?« fragte er, indem er Platz nahm. »Er ist doch ein glücklicher Kerl, der brave alte Bärenhäuter. Wer's auch einmal so gut haben könnte!«

Sie war über und über rot geworden bei seinen Worten, als hätte er damit nur sie gelobt: »Wenn Sie wollten,« begann sie leise, »es liegt alles am Wollen.«

»Was? das Glücklichsein? Denken Sie, ich wollte es nicht?«

»Nicht so. Man muß es an ihm erst sehen. Er ist zufrieden mit allen, was ist, verlangt nichts weiter, sehnt sich nach nichts, denkt nie zurück ...«

»Sagen Sie das einem andern,« rief Paul heftig, »daß er's sein soll. Er kann's eben nicht! Dazu gehört das ruhige Blut, der feste Körper, dazu gehören die gesunden, starken Glieder und der gesunde Eigenwille, den unser lieber Freund besitzt, daß er so sicher gradeaus seine Bahn weitergeht, sich von Strömungen nach links, nach rechts nicht beeinflussen noch fortreißen läßt. Er ist glücklich – nicht weil er es sein will, noch weil das Leben ihn sanft gewiegt hat, oder weil Sie, seine Gattin, ihn lieben. Er ist's, weil er es ist und es sein kann.«

»Und Sie?«

Er schwieg.

»Sehen Sie, ich,« sagte sie schüchtern, »ich selbst habe es auch erst erlernen müssen, zufrieden zu sein. Ich bin nicht so ruhigen Blutes wie er, noch war ich früher so weich gebettet. Mir tat manches weh. Das Leben hat mir, da ich ein Kind war, nicht gerade ein freundlich Gesicht gewiesen. Da kam er und ebnete die holperigen Wege und gab mir Kräfte, um vorwärts zu gehen. Ich machte meine Augen auf und lernte sehen. So erkannte ich allmählich, daß die Welt gar nicht so schlecht ist, und daß die Menschen rsaquo; *fripons en détail*rlsaquo;, wie Montesquieu sagt, im ganzen doch rsaquo; *de fort honnêtes gens'*rlsaquo; sind.«

»Lesen Sie Montesquieu mit Johannes?« Sie schüttelte den Kopf. »Den las ich früher einmal mit meinem Vater, wie so manches andere. Johannes liest nicht gern. Aber glauben Sie nur nicht, ich bildete mir ein, durch mein bißchen Lernen etwas vor ihm voraus zu haben. Ich weiß sehr gut, wie unendlich viel höher er steht als mancher Belesene. Er arbeitet und nützt, während jene nur grübeln. Mit diesen anderen meine ich selbstverständlich mich. Sie nicht, Sie besitzen, was ich beneide, Wissen, Geist und so viele, viele Talente...«

»Talente!« rief er, »Sie sagen es. Das ist es, eben: ich habe Talente! Das heißt nicht ein ganzes, wirkliches, den Menschen voll erfüllendes Können. Nur Keime sind's, schwächliche und halbe, die nie ausreifen werden, weil einer den anderen einschränkt und erdrückt. So behaupten die Maler, ich verdankte meine Erfolge allein den Ideen in meinen Bildern, verstände wenig von Zeichnung und Farbe; doch sind sie alle voll des Lobes über meine köstlichen Lieder. Die Musikkenner wieder finden meine Kompositionen wenig zu loben, dagegen meine Gemälde vortrefflich. Und als ich auf der Fahrt von Rom aus mit einem jungen Literaten im Coupé zusammentraf brachte er die Unterhaltung auf den vielbesprochenen Paul Gordon. rsaquo;Kennen Sie ihn? Ein seltsamer Kauz! malt Bilder, wie das Leben selber; ersinnt Melodien, daß es eine Lust ist; aber da hat sich dieser Mensch kürzlich auch aufs Schreiben gelegt. Das sollte er lieber bleiben lassen. Denn Farben und Töne mag er besitzen – aber Gedanken? daran fehlt's.rlsaquo; So urteilt ein jeder abfällig über den Teil meiner Arbeit, den er versteht. Ich aber weiß es, der Maler, der Musiker, der Schriftsteller, alle, sie haben recht. Ich kann nichts ganz.«

»Sie haben sich verstimmen lassen durch den eingebildeten Menschen. Das sollten Sie nicht. Denn, wenn Sie selbst fänden, daß in seinem Geschwätz ein Körnlein Wahrheit enthalten sei, weshalb könnten Sie nicht ihm folgen, sich auf ein Kunstgebiet beschränken?«

»Mich zünftig machen? mir Scheuklappen vorlegen? glauben Sie, das würde nützen? Ich schielte hindurch und sähe zur Seite und erspähte ein grünes Feld mit köstlicher Weide, nach der ich mich sehnte. Die von der Natur so glücklich begabt sind, daß sie sich begnügen können, denen ward's gut. Doch die es nicht können ... Es gibt zweierlei Arten von Menschen, wissen Sie es wohl, Frau Willfriede, Lober ihrer eigenen Habe – und Verächter derselben. Den letzteren gehöre ich an. Ein Talent nenne ich wahrlich mein. Es ist die Fähigkeit, was ich geschaffen, selbst erkennen, überschauen und, wenn's not tut, rückhaltlos auch verdammen zu können. Während ich über der Arbeit sitze, lebe ich zwar, wie jeder, der künstlerisch tätig ist, in einem Fieber, das mich einnimmt, mein Urteil lähmt. Aber dann, wenn der Rückschlag eintritt, die Ernüchterung...«

»Dann unterschätzen Sie, was Sie können.«

»Glauben Sie das? Frau Willfriede, wie viele von meinen Sachen, Gemälde wie Lieder, werden wohl auf die Nachwelt kommen?«

»Ich denke, man sollte, solange man schafft, nicht nach Mit- oder Nachwelt fragen, nur auf sein eigenes Gewissen hören, dem ganz und rein zu folgen trachten.«

»Das klingt wie Johannes. Haben Sie schon von ihm gelernt, mir Moral zu predigen?«

Die junge Frau errötete. »Ich glaube, daß er so denken mußte. Er hat zwar mit mir nie von Ihnen geredet. Noch sonst über ernste und so allgemeine Fragen. Er hält mich ... Herr Gordon« – sie erhob sich – »um nicht Johannes' schlechte Meinung, daß ich ziemlich unbrauchbar sei, zur vollberechtigten zu machen, geben Sie mir lieber jetzt Urlaub, daß ich mich im Hause umschaue. Zwar habe ich auch nicht sehr viel hier zu sagen, Fräulein Dreesen regiert, wie früher. Aber ob Ihr Zimmer in Ordnung ist, möchte ich doch wissen.«

»Lassen Sie es nur gut sein,« sagte er, »ich warf schon einen Blick hinein, das blaue Zimmer ist noch da. Und Bett und Stuhl stehen am alten Fleck.«

»Ja, aber – Sie waren wirklich drinnen? So sahen Sie auch meine Potpourrischalen? Sind Sie mir böse? Wenn Johannes darum wüßte, daß ich Ihr Zimmer so benutzte, er wäre entsetzt! Ich gehorche ihm sonst immer. Nur – die Rosenblätter müssen ganz ungestört mit Salz bestreut wochenlang liegen bleiben, wenn sie den rechten Parfüm geben sollen. Und den liebe ich so sehr, weil es der einzige Wohlgeruch ist, den mein Vater um sich litt, weil mit ihm sich ein Erinnern an meine junge Mutter verbindet, die ich nicht gekannt habe, die ihn bereitet, in all ihren Sachen, in Spitzen und Kleidern, ihn mir hinterlassen hat. Und das Zimmer stand unbenutzt, und Sie kamen nicht, und...«

»Ich bitte Sie,« rief Paul, »lassen Sie die Schalen stehen, sie stören mich nicht. Ich kann auch ein anderes Zimmer bewohnen, falls das Ihnen besser zusagen würde.«

»Nein, nein, unmöglich! Wie können Sie das nur sagen! Es wäre ein Unglück. Johannes würde schon den Gedanken für Majestätsbeleidigung halten. Und, nicht wahr? – Sie verraten mich ihm nicht? Gleich soll auch alles fortgeräumt sein. Warten Sie nur eine Minute.« – Sie ging eilig davon.

War das wirklich Johannes' Frau? Des alten, guten Johannes Heilwig, der sich selbst einen Bauern nannte? Dieses graziöse, schlanke Geschöpf mit dem Plaudermund, das über Heiteres und Tiefes, über Montesquieu und Potpourrischalen mit der gleichen Leichtigkeit sprach, und vor dessen ernsthaften grauen Augen man unwillkürlich sein Innerstes enthüllen mußte? Dem Starken und Glücklichen wird alles zuteil, es kommen die köstlichen Gaben der Götter nimmer allein. Paul Gordon war wahrlich nicht hergereist, seinem Freunde Glück zu wünschen. Es waren seine ureigensten, prosaischen Angelegenheiten, die ihn allen Vorsätzen zuwider jetzt plötzlich auf den Heilwigshof führten. Aber nun trieb ihn eine Ungeduld durch das Zimmer; er konnte den Augenblick nicht erwarten, wo er dem Alten sagen würde: Du hattest recht, und ich bitte dir ab, daß ich dagegen geredet habe.

Und jetzt war es so weit. Unten im Hause hörte man Stimmen. Ein schwerer, wuchtiger Schritt auf der Treppe, die Tür flog auf.

»Er weiß von nichts,« sagte hastig Willfriede. Und zu ihrem Manne: »Du, Onkel Johannes, da ist eine Überraschung für dich.«

Herr Johannes Heilung stand einen kurzen Moment wie gebannt. Aber dann streckte er seine beiden Hände dem Freunde entgegen und riß ihn an sich und drückte ihn in seinen gewaltigen Armen so fest, daß jenem Hören und Sehen verging. »Paul, Paul, mein Junge, endlich wieder!« weiter brachte er kein Wort hervor.

Willfriede schlich sich aus dem Zimmer. Paul, als er leise die Tür gehen hörte, machte sich frei aus Johannes Umarmung: »Alter, wie kannst du so maßlos sein! Es ist nicht recht, es muß sie verletzen.«

Johannes schüttelte nur den Kopf. Er sprach nicht viel. Er hörte, was Gordon ihm über die Gründe seines Kommens zu berichten hatte, tat ab und zu eine kurze Frage, die bewies, er sei bei der Sache, und nur im Vorübergehen strich er ein paarmal zärtlich, ganz leise, mit seiner breiten, großen Hand über Pauls ergrauten Kopf.

»Johannes,« fragte beschämt der Maler, »weshalb hast du mich so lieb?«

Heilwig nahm sich einen Stuhl, rückte dem Freund gerade gegenüber und schaute ihn an. »Ja,« sagte er langsam, »das Nachdenken, weißt du, ist nicht meine Sache. Willst du's ergründen, versuche es selbst; ich kann dir's nicht sagen. Das weiß ich nur, es fehlt mir etwas zum vollen Behagen, wenn ich dich nicht habe.«

»Und deine Frau? Damals war ich töricht genug, dir abzuraten. Heute habe ich es erst begriffen, wie glücklich du sein mußt. Dies kluge, liebliche, frische Geschöpf!«

Johannes nickte. »Siehst du, mein Junge. Sie ist ein gutes Kind, die Friede, und es geht ihr wohl jetzt. Und so ist's recht.«

»Aber – du liebst sie doch?« fragte Paul, den die ruhigen Worte erkältend berührten.

»Lieben? das fragtest du auch schon damals. Ich habe sie gern. Zu dem Gefühl, von dem du immer schwärmst, bin ich doch wohl zu alt und zu schwer. Wenn man an hundert Kilo wiegt...«

»Aber, du Ungetüm!« rief Paul, »du liebst doch mich, und mehr, als ich's wert bin. Für mich kannst du in Hitze geraten!«

»Ja, du« – der Landmann schüttelte wieder nachdenklich den blonden Kopf – »das ist etwas anderes. Wenn ich einen Sohn besäße, fühlte ich vielleicht ähnlich. Aber auch da wäre ich der Herr und könnte befehlen, wie ich der Friede einfach sage: Tu das – und sie tut's. Dir habe ich nichts zu befehlen, du gehörst mir nicht. Was du mir geben magst, ist dein Wille. Ich habe kein Recht an dich, kann nichts fordern.«

»So liebst du mich, weil ich der einzige Mensch bin in deiner Umgebung, der dir nicht gehorchen müßte?« »Vielleicht; es kann sein.«

»Alter,« sagte Paul und stand auf, »ich möchte, ich könnte dir einmal recht danken und tun, was dich freut.«

Zwei Tage nach Paul Gordons Ankunft reiste er mit dem Freunde nach Hamburg. Mit so vielen Worten, wie jener schon selbst Briefe darüber geschrieben hatte, brachte Johannes die Vermögenssache in Ordnung. Er war eben ein Bauer, wie er immer von sich sagte; sein scharfentwickelter Rechtssinn wurde nur übertroffen von seinem noch stärkeren Eigenwillen. Und als er die verworrene Angelegenheit so praktisch und so günstig, wie es kein gewiegter Advokat gekonnt haben würde, geschlichtet hatte, und als Paul wieder von seinem Dank sprach, nahm Heilwig als ein echter Bauer auch den eigenen Vorteil wahr: »So komm mit mir zurück und bleibe über den Sommer auf Heilwigshof.«

Und Paul Gordon willigte ein.

Auf das Schneetreiben zu Anfang März, das ihn im Norden empfangen hatte, waren noch kalte Tage gefolgt; ein rauher April, ein unfreundlicher Mai; bis weit in den Juni hinein gab es schwere Regengüsse. Doch plötzlich klärte sich der Himmel; rein, strahlend, blau und wolkenlos blickte er auf die Erde nieder, Tag um Tag lachend, Tag um Tag gleich. Und die Blumen erhoben ein Blühen und Glühen in tausend Farben, in Feld und Garten, und die Ähren reiften, gelb und kraftvoll, und die Vogel in den Zweigen schmetterten ihr letztes Lied und schwiegen dann, einer nach dem andern, und machten sich ans Nesterbauen, Der Sommer war da, eh' man sich's versehen, mit seiner stillen, sengenden Glut, seiner reichen Gabenfülle, seinem noch reicheren, heißen Begehren nach ewig Unerfüllbarem.

Das Leben auf dem Heilwigshofe war inzwischen seinen gleichmäßig behaglichen Gang still weitergeschritten. Es hatte sich in den Jahren, seit er zum letztenmal hier gewesen, so wenig verändert, daß Paul selbst die eine große Veränderung zuzeiten darüber vergessen konnte. Auch die endlosen Familiendiners, mit ihrer steifen Etikette, waren die alten. Die Heilwigs und Müllers erschienen in ungeschwächter Anzahl. Er selber führte als Gast die Hausfrau. Wenn sie den Speisesaal betraten, standen links und rechts von der Tür die beiden Inspektoren und zwei Volontäre, eingezwängt in schwarze Fracks und Weiße Krawatten, machten ihre vorgeschriebenen Verbeugungen und nahmen stumm ihre Plätze ein. Selbst die Gesichter der jungen Herren schienen ihm die gleichen wie vorzeiten; es waren dieselben blendend weißen Stirnen, die zu den luftgeröteten Wangen einen überraschenden Gegensatz bildeten. Der Hausherr präsidierte, wie früher, der langen Tafel und leitete das Tischgespräch: über Pferde, über das Wetter und über die nächsten Ernteaussichten.

Frau Friede schenkte nach Tisch den Kaffee, indes Fräulein Dreesen, mit ihrem großen Schlüsselbunde vernehmlich klappernd, aus und ein ging, Backwerk und Früchte, die sie unter Verschluß bewahrte, von der Tafel forttragend, Heilwig führte seine Verwandten zu dem jüngsten Fohlen, in den Kuhstall, wo Prachtexemplare einer besonders schweren Rasse kürzlich aus England angekommen, in die Milchwirtschaft, in der es immer neue, praktische Einrichtungen zu bewundern gab, die den weißen, glänzend reinlichen Raum noch weißer, blitzender scheinen ließen. Nach dem Abendbrot, zu welchem die stumme Schar der Herren Gehilfen sich wieder einstellte, machte man noch eine Partie Billard, – Frau Friede sah zu –, und wenn dann die Gäste gegangen waren, saßen Paul und Johannes allein mit ihren Schlummerzigarren noch lange in dem blauen Zimmer beisammen, wie sie es früher gewohnt gewesen.

An den Tagen aber, an denen es keine Brüder und Schwägerinnen zu feiern galt, kam auch die junge Frau zu ihrem Recht. Johannes hatte es gern, wenn sie sich mit seinem Freunde unterhielt, sie sprachen von Malerei und Geschichte, von Menschen und Dingen, wie's eben kam, doch waren sie selten der gleichen Meinung. Einmal, als wieder das Gespräch sich aus Pauls Leben gewendet hatte, warf Willfriede ihm, wie am ersten Tag seines Hierseins, seine Trägheit vor und die Zweifelsucht an sich selber.

»Ja, wozu soll ich mich denn mühen,« rief Gordon, »welches Thema ist in Epen, Dramen, Romanen noch nicht erschöpft, welches Bild bleibt noch in dieser alles erforschenden, vielschaffenden Epigonenwelt zu malen übrig?«

Da hatte Johannes behaglich erwidert: »So male doch die Friede. Das versuchte noch niemand.«

»O nein,« versetzte die junge Frau schnell, »das nicht, mich sollen Sie nicht malen. Sie sagten ja selbst, Sie fänden mich ... Nein, das tun Sie nicht.«

»Weshalb nicht?« fragte ihr Mann dagegen. »Ich denke, daß du ein ganz gutes Bild geben könntest, wenn du auch nicht so eigentlich schön bist, wie Paul selbst sagt.«

»Nicht eigentlich schön?« Paul sah sie an, wie sie ihm gegenüber am Tisch saß. Sie waren im Speisesaal, hinter ihr fiel durch die großen, hohen Fenster die Mittagssonne voll herein, das Licht umspielte ihren Kopf. Und die Form dieses leicht gesenkten runden Köpfchens und die Farbe des braunen Haares mit den rötlichen Streifen an beiden Schläfen und der Weiße junge Nacken ... – »Ich glaube es selber,« sagte Paul Gordon, »daß es ein gutes Bild geben könnte.«

»Wer weiß,« meinte Johannes, »vielleicht erhältst du durch diese Arbeit wieder Lust an deiner Kunst.«

»Vielleicht...,« sagte Paul, »vielleicht gelingt es mir hier unter deinem schützenden Dache, etwas nie Dagewesenes zu schaffen. Wenn dann all meine anderen Sachen, Gemälde und Verse vergessen sind, mein Name verschollen, dann findet wohl einst irgend ein obolritischer Kunstgelehrter Ihr Porträt, Frau Willfriede. Und er studiert darüber, forscht nach dem Urbild, schreibt lange Artikel, in welchen er seine Hypothesen über den Künstler aufstellt, den er nicht kennt. Der namenlose Frauenkopf begründet einen Ruhm, der hinausgeht über alles, was ich erträumte, der Jahrhunderte überdauert.«

»Sehnen Sie sich gar so sehr nach Unsterblichkeit?« fragte sie.

»Gewiß, was will man denn sonst vom Leben? Entweder Glück, sonniges, reiches, unbegreifliches! Oder, wenn das einmal nicht sein kann, aus Naturanlage nicht, und weil das Schicksal es nicht gestattet, nun dann den Ruhm. Denn ohne beides, ganz sang- und klanglos, ohne Licht und ohne Schatten zum Orkus hinabgehen, nur ein Teil des *mobile vulgus*, einer mehr, der Staub wird und verschwindet – das kann man sich denn doch nicht wünschen.«

»Nein,« sagte Willfriede, »man wünscht es sich nicht.«

In einem unbewohnten Zimmer des oberen Stocks, das nach Norden hinausging, richtete Paul sich sein Atelier her. Das Licht war gut, eine vorteilhafte Stellung leicht gefunden, der erste Entwurf gleich ward sprechend ähnlich. Doch da er länger und länger im Anschauen des ernsthaften jungen Gesichtes verharrte, rückte er immer langsamer vorwärts. Täglich wollte es ihm schwerer erscheinen, den rechten Ausdruck zu erfassen. Sie hielt sich still und regungslos, ihre grauen, tiefen Augen verrieten nicht, woran sie dachte; um ihn nicht zu stören, sprach sie kaum. So verbrachten die beiden wohl halbe Stunden im tiefsten Schweigen. Oft saß er mit aufgestütztem Kopf, ohne zu malen, und sah sie an.

»Es ist nicht recht,« sagte sie einmal.

»Was? Daß ich mich unterbreche?«

»Nein, daß Sie so viel in mir forschen und suchen. Ich bin nicht tief, wie Sie jetzt meinen. Malen Sie nur. Wird das Bild treu, so wird es Ihnen ein recht alltägliches Menschenkind zeigen.«

»Das ist es eben,« erwiderte er, »die Züge sind es nicht allein; es gehört noch anderes dazu, Intangibles, wie Rosenduft. Mir ist eine Melodie eingefallen, die vermöchte vielleicht jene Hälfte Ihres Wesens auszudrücken, welche das Bild nicht wiedergibt.«

Sie schüttelte ganz erschrocken den Kopf. »Malen Sie. Das ist genug. Lassen Sie jetzt die übrigen Künste.« Und er nahm wieder die Arbeit auf.

Doch am nächsten Morgen, der Kopf schaute noch kaum aus der Untermalung heraus, alles andere war skizzenhaft roh, fertig erschienen einzig die grauen, weitblickenden Augen; – da warf er plötzlich Pinsel, Palette, Malstock beiseite: »Ich kann nicht, es wird nicht, es ist eine kalte, leblose Kunst; was sie aussprechen sollte, das verschweigt sie, gibt nur Farben und keine Gedanken. Ich muß es sagen, was ich empfinde, in Worten, deutlich, jedem faßbar.«

Er las ihr die Verse, die ihm zur Nacht durch den Kopf gegangen waren.

Sie sah ihn ernst, fast traurig an.

»Was tadeln Sie denn?« fragte er; »hat nicht Raffael, hat Michelangelo nicht Sonette gemacht? Sind wir heute so sehr viel enger, daß wir nur eines können und dürfen?

»Ich weiß nicht,« entgegnete Frau Willfriede mit ihrer jungen, schüchternen Stimme, »mich dünkt, jene hatten Freude an allem, was sie schufen. Sie aber ...«

»An nichts,« versetzte er rauh und riß das Blatt mit seinen Versen mitten durch.

Es war am Abend; die junge Frau und beide Freunde hatten in der offenen Tür der Diele gesessen, als Johannes abgerufen wurde. Es sei in der Leuteküche ein Streit ausgebrochen, bei dem ein Knecht verwundet worden. Willfriede erhob sich, ihren Gatten zu begleiten. Er aber schüttelte lächelnd den Kopf.

»Du? was willst du dort in dem Lärm? Warte hübsch hier, wo es kühl und still ist und unterhalte dich mit Paul.«

Sie setzte sich wieder. Die Hände fest ineinandergefaltet, blickte sie gerade vor sich hin.

»Er will Sie nicht kränken,« sagte Paul, den Freund entschuldigend, »er ahnt nicht einmal, daß er Sie verletzt, denkt nur, Sie vor Rohem und vor Häßlichem zu schützen.«

»Ich weiß,« murmelte sie, »weiß, wie er gut ist. Aber ich gehöre einmal nicht zu ihm, nütze ihm wenig, bin ihm nichts. – Das paßt nicht für dich, – so lautet immer seine Rede. Nicht arbeiten, nicht sich um die Tagelöhner sorgen, nicht unterrichten, nicht Kranke pflegen. Das eine versteht der Schullehrer besser und das der Pfarrer und jenes der Doktor. Es tut nicht gut, ihnen dabei ins Handwerk zu pfuschen, ihre Autorität zu schmälern. Was soll ich denn tun? Nur seine Frau sein, weiter nichts? Noch allenfalls mich malen lassen, um seine Gäste zu unterhalten? O, es ist manchmal recht, recht schwer. Man könnte sich fast danach sehnen, nicht so glücklich zu sein ...«

»Sind Sie denn glücklich?« fragte Paul. Doch ehe sie ihm antworten konnte, tönte vom Hof herauf des Gutsherrn kräftige Stimme: »Friede, bist du noch dort in der Tür? willst du jetzt mit mir kommen, Kind, das neue Pony anzusehen? Ein hübsches Tierchen, du sollst entscheiden, ob du es vor deinem Korbwagen haben willst.«

»Ich komme,« rief sie. Und leiser: »Herr Gordon, Sie sagen ihm nichts von meinen Klagen. Es ist ja so töricht, sinnlos, ich weiß es. Und doch ... Ja, Johannes, ich bin schon da.«

Sie zog sich ein schwarzes Spitzentüchlein über den Kopf und stieg die wenigen Stufen hinunter, ihm entgegen. Er streckte seinen

Arm nach ihr aus, ihr behilflich zu sein. Sorglich führte er sie den kurzen Weg zu den Ställen hinüber, mäßigte seinen Schritt für den ihren, beugte das hochgetragene Haupt zu ihr hinab. Der Mond war aufgegangen und zeichnete die zwei ungleichen Schatten auf den weißen Boden des Hofes.

Und Paul Gordon stand auf der Rampe vor dem Hause und sah ihnen nach.

Es folgten Tage, in welchen Willfriede den Maler kaum sprach. Frühmorgens verließ er das Haus mit dem Freunde, ritt über Feld mit ihm und kehrte nur zu den gemeinsamen Mahlzeiten heim. Der Gutsherr war zufrieden, je häufiger er ihn neben sich sah. Es tat ihm wohl, daß Paul in Sorgen den Weg zu ihm zurückgefunden, daß er nun wieder hier heimisch geworden. Er maß dem unsteten Reiseleben, das der Künstler geführt, viele Schuld bei an dem selbstquälerischen, nagenden Mißmut, unter dem seine Stimmung litt. Zu Pauls Heilung entwarf er den Plan, denselben hier, in seiner Nähe seßhaft zu machen, womöglich – ihn zu verheiraten. Mit gewohnter Energie gedachte er gleich, ohne den Meistbetroffenen zu fragen, an die Ausführung seiner Absicht zu gehen. Wußte er doch schon ein junges Mädchen, für Paul so passend wie nur möglich, schlank, blond, unterrichtet, eine Waise, nicht ohne Vermögen, die er zum Besuch auf den Heilwigshof lud.

»Nun, wie gefällt Ihnen unsere Freundin?« fragte Frau Willfriede den Maler. – Der Hausherr hatte sich mit dem Fräulein in das Billardzimmer begeben; man hörte ihr helles Lachen von drinnen, wie sie sich weit über das grüne Tuch bog, mit ihrem Queue zu zierlichem, gewandtem Stoß ausholend.

»Vortrefflich,« gab Paul, der in der Tür stand, arglos zur Antwort, »ein Vergnügen, ihr zuzusehen.«

»Das freut mich,« sagte Frau Friede leise. »Und hätten Sie nicht Lust, Herr Gordon, das Fräulein Agathe, – ich glaube, sie wünscht es sich, – zu malen?«

»Malen! die, mit ihren schönen Farben und ihren hochfrisierten Haaren?«

»Ist sie nicht hübsch?«

»Sehr.«

»Und Sie wollen nicht? und Sie haben doch sogar mich zu malen begonnen.«

»Sie! ...«

Es war das erstemal, daß er ihr gegenüber einen solchen Ton gebraucht, daß er sie so angesehen hatte. Er wußte es selbst, im Augenblick, da er es tat, daß er es nicht durfte. Und als er das Blut, ganz langsam, langsam in ihren Wangen emporsteigen sah, in den zarten Venen des Halses, im Ohr, in den Schläfen bis es Stirn und Nacken ganz überzog, und sie die Augen senken mußte, da drehte er sich auf dem Absatz herum und ging aus dem Zimmer und fort aus dem Haus.

Fräulein Agathe fuhr abends heim, ohne den Maler, den sie so gern näher kennen gelernt, auch nur wiedergesehen zu haben.

Anderen Tages über Tische stellte Heilwig den Freund zur Rede, weshalb er sich gestern davongestohlen, heute den ganzen Vormittag über unsichtbar gemacht hätte? – »Hattest du meinen Plan wohl durchschaut und wolltest ihn mir schnell zerstören?«

»Nein,« sagte Paul kurz, »plane du immer, ich will dich nicht hindern. Was mich vertrieben hat, war der Vorschlag deiner Frau, daß ich die Dame malen solle.«

»Sei einmal ehrlich,« fragte Johannes, »und gestehe, du wagst es nicht, weil das Fräulein Agathe so schön ist, daß du fürchtest, wenn du sie erst malst, so müßte auch meine fernere Absicht zur Wahrheit werden.«

Und wieder konnte Paul es nicht lassen, einen Blick zu der Frau seines Freundes hinüber zu schicken. – »Nein,« sagte er langsam, »das fürchte ich nicht.«

So oft Paul Gordon auch schon anderen Gram und Schmerzen bereitet hatte, so häufig er selber schon im Leben Enttäuschung und Verrat gelitten, sein liebster Freund, der einzige Mensch, an dem sein Herz hing, sollte von ihm nicht Gleiches erfahren. Das wiederholte er sich Tag für Tag. Er bemühte sich, mit Frau Friede ruhig und freundschaftlich zu verkehren, ob Johannes zugegen war, ob sie allein auf der offenen Diele saßen. Über ihren Mann zu sprechen, wie sie das eine Mal es getan, gab er ihr keine Gelegenheit wieder. Sie sah ihn manchmal fragend an, wenn er ein Thema der Unterhaltung, das ihr sehr harmlos scheinen mochte, plötzlich schroff abbrach. Seine Abneigung, etwas Persönliches zu berühren, seine Scheu, mit ihr allein zu bleiben, beunruhigten sie, mehr aber noch, daß er nun schon seit Wochen ihr Bild halbfertig stehen ließ.

»Er ist immer so,« sagte Johannes, »niemand errät, was er im Kopfe hat, heute traurig und morgen froh. Ich kenne ihn nun bald an die zwanzig Jahre, er hat mir, wenn irgend jemandem, sein Inneres gezeigt. Aber meinst du, daß ich ihn verstehe, daß ich je voraus sagen könnte, wie er handeln wird? Was er noch eben verschmäht und verschworen, das tut er vielleicht in der nächsten Stunde. Und ob es seinem Ansehen schadet oder nützt, darauf kommt's ihm nicht an. Denn er hält wenig von allen Menschen. Aber am wenigsten von einem. Und der heißt: Paul Gordon.«

Doch diese Erklärung, die alles, was jener tat, nur als Laune bezeichnete, konnte der jungen Frau nicht genügen. Der Gutsherr gab sich damit zufrieden, daß er den Künstler nicht verstand. Willfriede wollte ihn verstehen. Sie schlich sich in das verlassene Nordzimmer, wo sich auf der Staffelei ihr unvollendetes Bild noch befand. So weit war es doch schon vorgerückt, daß man zu erkennen vermochte, wieviel es versprach. Unzufriedenheit mit seiner Arbeit konnte keiner der Gründe sein, die Paul plötzlich veranlaßt hatten, sie abzubrechen. Unzufriedenheit mit dem Modell? Er hatte ihr doch zu verstehen gegeben, daß er sie nicht mehr häßlich finde. Und das so unzweideutig, so klar, daß sie noch, wenn sie nur daran dachte, wie sein Blick den ihren gesucht, das heiße Blut bis in die Stirn, bis an die Haarwurzeln schießen fühlte. Und wenn nicht sein Können, nicht das Unmalerische des Vorwurfs, was sonst verleidete ihm die Arbeit?

Sie mußte immer darüber denken. Mitten in der Nacht erwachte sie, von einem Angstgefühl gepeinigt. Ihr hatte geträumt, sie wüßte den Grund. Es graute ihr vor der schrecklichen Wahrheit. Noch vom Schlaf halb befangen, richtete sie sich zitternd im Bett auf. Durch die weißen Vorhänge fiel das Mondlicht herein und zeichnete das Fenster mit seinem Holzkreuz deutlich und groß auf Fußboden und Schränke. Neben ihr schlief Johannes, friedlich wie immer. Sie hätte ihn wecken mögen, ihm sagen, wovon sie geträumt. Aber als sie sich darauf besann, es in Worte zu kleiden suchte, wußte sie es selbst schon nicht mehr. Der Grund, Paul Gordons geheimer Grund für sein seltsam Gebaren, der sie aufgescheucht hatte, was war er gewesen? Frau Friede legte sich wieder. Sie grübelte, suchte und fand es nicht, – so wenig wie bisher bei Tage. Doch es kam auch kein Schlaf mehr in ihre Augen.

Als Paul sie am Morgen beim Frühstück sah, fragte er, weshalb sie so bleich sei, ob sie sich angegriffen fühle?

»Bleich?« fragte Johannes, »bist du blaß, Kind? Nein, du glühst ja wie eine Rose. Was will denn der Paul!«

Sie sah vor sich nieder, ohne Antwort. Sie zürnte sich selbst, daß es sie so heiß überlaufen bei der einfachen Frage. Und irgendwo, in einem heimlichen Nebenfach ihres Hirns – denn hätte sie's offen sich eingestanden, so würde ihr die eigene Vernunft auch klar gemacht haben, wie töricht der Vorwurf – irgendwo, im Hintergrunde der Gedanken, zürnte sie auch Johannes, daß er zur Nacht so ruhig geschlafen, daß jetzt nicht er es gewesen war, der ihr leidendes Aussehen bemerkt. Wieder saß sie lange Stunden und dachte und fand ihres Denkens nimmer ein Ende. Manchmal war es ihr fast, als könnte sie, wenn sie nur den Schlüssel besäße, da drinnen in Pauls labyrinthisch dunklem Innern noch weit leichter heimisch werden, als sie die Vorgänge in Johannes' wohlgeregeltem, langsam arbeitendem, bravem Herzen nachfühlen und verstehen würde. Onkel Johannes – sie wußte selbst nicht, wie es kam, daß sie ihn jetzt wieder häufiger so nannte – war so viel älter, so viel älter und besser und klüger als sie! Sie fühlte sich recht wie ein Kind vor ihm und hätte sich geschämt, all ihre kleinen Sorgen und Zweifel ihm zu gestehen. Dagegen Paul ... o, wenn sie ihm einmal, ein einziges Mal nur alles, was ihr das Herz bedrückte, vertrauen dürfte! Sie meinte, ihr würde dann leichter werden. Und sie führte lange Gespräche mit ihm, die niemals laut werden konnten. Denn man mag wohl in Gedanken einem anderen Menschen Geständnisse machen, er hält still und hört zu. In Wirklichkeit aber, deutlich und klar dieselben tiefverborgenen Dinge auszusprechen, wenn der andere antworten kann, durch Blick und Wort den Redenden unterbrechen, dazu braucht es mehr Kühnheit und Kraft, als sie Frau Friede in ihrem ruhelos sinnenden Kopfe besaß.

Und der Sommer ging weiter und die beiden, die anfangs so gut sich ineinander gefunden hatten, schienen sich ferner und ferner zu rücken. Keiner wußte, was der andere von ihm dachte, keiner verstand es, was den anderen bewegen mochte.

Es war an einem Julitag. Frau Willfriede ging durch den Garten. Das Mädchen Friedrich begleitete sie mit der steifen Dienerhaltung, die sie von ihrem Vater erlernt. In der großen Mittelallee, die vom Eingang geradeaus bis zu einem kleinen Lusthäuschen führte, blühten zur Linken und zur Rechten in gleichen Abständen hochstämmige Rosen und dazwischen schlanke weiße, starkduftende Lilien. Mit einer scharfen Schere trennte Frau Friede die voll aufgeblühten Rosen von den Zweigen, indessen das Mädchen unter den Sträuchern die einzeln abgefallenen Blütenblätter von der Erde auflesen mußte. Und weil es über Nacht gewittert und früh am Morgen ein scharfer Wind gegangen war, die junge Frau auch die letzten Tage her das Sammeln wohl ein wenig vernachlässigt hatte, fand Friedrich so viele Blätter am Boden, daß die beiden die duftende Fülle kaum mehr bergen konnten. Willfriede nahm ihr helles Sommerkleid vorn in die Höhe, ließ sich von jener alles, was sie gefunden hatte, hineinwerfen und schickte sie dann ins Haus zurück, ein Gefäß zu holen. Sie selbst ging, das Mädchen zu erwarten, auf die Gartenhütte zu. Doch ging sie langsam, nur Schritt für Schritt. Trug sie doch das gebauschte Gewand mit beiden Händen vor sich her und sah nicht auf, sondern hielt die Augen unverwandt nur auf ihre Schätze gerichtet, sie hütend, um kein Blatt zu verlieren. Die Sonne schien ihr auf den unbedeckten Scheitel, die Luft war glühend, zitternd heiß. Sie stieg die beiden Stufen hinauf, ein wenig schwankend, denn es fiel ihr immer noch schwer, ganz allein, ohne Stütze zu gehen. So trat sie aus der brennenden Mittagshelle draußen in das kühle, halbdunkele Häuschen. Einen Augenblick stand sie geblendet. Rote und grüne Flecken tanzten ihr vor den Augen, sie sah nichts, und die lichtlose Stille bedrückte sie schreckhaft. Unwillkürlich nahm sie ihr Kleid in die eine Hand zusammen, streckte die andere tastend aus und suchte und fand –

Sie wußte es in derselben Sekunde, was sie geängstet. Sie war nicht allein hier. Noch eh' sie unterscheiden konnte, wer da im Dunkeln sich mit ihr befand, hatte er ihre Hand ergriffen und preßte sie an sich und küßte sie auf Mund und Augen, wieder und wieder.

Hatte sie nicht gewußt sich zu wehren? hatte sie es geschehen lassen? Sie tat einen leisen, klagenden Schrei und stieß ihn zurück. Und er brach vor ihr in die Knie, als wäre er von ihrem Erschrecken selbst der Kräfte beraubt. Ihr Kleid, das sie vorhin so fest gehalten, hatte sie nun doch fahren lassen. Ihre Rosen und Rosenblätter waren, wie Regen, rieselnd über ihn niedergegangen. Inmitten des rot und weiß bestreuten Estrichs stand sie, beide Arme ängstlich über der Brust gekreuzt, als müsse sie sich schützen. Ihre Augen schauten noch immer wie geblendet.

Er bückte sich tief hinab, seine Stirn auf den Saum ihres Kleides zu drücken. Da schauderte sie in sich zusammen und wich von ihm fort. Nun schüttelte er die Rosenblätter von Haar und Schultern, erhob sich, trat zu ihr. Sie versuchte ihn abzuwehren. – »Friede,« sagte er nur, »Friede!« – Es ging ein Zittern über ihre Gestalt. – »Friede,« bat er noch einmal, »verzeih mir. Ich konnte nicht anders. Ich sah dich kommen, so langsam, den Weg her. Ich wollte fliehen, dich nicht sehen. Du kamst und strecktest selbst die Hand aus... So ist es geschehen.«

Unter seinen flüsternden Worten schien sich ihre Starrheit zu lösen. Sie schlug die Augen zu ihm auf. Nicht nur Verzeihung sprach aus den grauen, tiefen Sternen. Er las darin mehr, mehr als er erwartet, mehr als er durfte, mehr vielleicht, als er selber gewollt. So standen die beiden Auge in Auge, in verstummendem Schrecken. Eine Sekunde nur. Dann hob sie die Arme und barg das Haupt an seiner Schulter und hielt sich fest an ihm, Schutz zu finden, gegen sich selbst und gegen ihn.

Auch das war nur ein Moment gewesen. Ohne Worte richtete sie sich wieder empor und strich sich die Locken aus den verweinten Augen fort. Es kamen Schritte den Kiesweg her, die Stufen herauf. – »Ist die gnädige Frau hier?« fragte Friedrich und trat in die Hütte hinein.

»Du bringst die Schale?« sagte leise die junge Frau, »weshalb bliebst du so lang'! Nun ist es zu spät. Alle meine Rosen fielen und liegen im Staub. Komm, führ mich ins Haus.«

Auf den Arm der Dienerin schwer sich stützend, ging sie mit ihrem ungleichen Gang, wie ehedem, da sie noch der Krücke bedurfte, den Weg dahin durch die helle Sonne. Und die Rosen und die Lilien zu beiden Seiten sandten ihre Düfte ihr nach.

Johannes folgte an dem Abend Paul wie gewöhnlich auf sein Zimmer. Das Fenster war offen. Die alte Rebe hatte in diesem Jahr ihre Trauben früher und größer getrieben, die dichten, grünen Blätter und Ranken ließen kaum einen Ausblick ins Freie. Auf dem Fensterbrett stand ein Glas mit dunkelpurpurroten Rosen, voll aufgeblühten. Und jeder Lufthauch, der von draußen in das Gemach strich, trug den süßen, schwülen Duft mit sich hinein. Nicht für den Hausherrn. Der hatte sich gleich an seinen angestammten Platz zum Tisch gesetzt, schmauchte behaglich seine Pfeife und besaß nicht so seine Organe, um das leise Wehen zu spüren. Aber Paul Gordon, der auf und ab ging, mit langen Schritten, den Kopf im Nacken, die Stirn in finstere Falten gelegt, der atmete mit jedem Zuge den berauschenden Duft ein. Er trat zum Fenster, nahm die Rosen aus dem Glase und schleuderte sie in weitem Fluge hinaus in die Nacht.

Dann wandte er sich zu seinem Freunde: »Ich muß fort.«

Johannes sah auf.

»Ich bitte dich, mir für morgen früh Wagen und Pferde zu bestellen.«

Der Gutsherr schüttelte nur den Kopf: »Kann nicht, alle Pferde sind auf dem Feld;« – und rauchte weiter.

»So werde ich zu Fuß gehen.«

»Du? bei der Hitze!«

»Johannes, ich bitte dich, scherze nicht. Und mach mir es nicht schwerer.«

»Ich will dir's nicht schwer machen, sondern verbieten.«

»Du hast kein Recht, mich hier zu halten.«

»Und dein gegebenes Wort, für den Sommer bei mir zu bleiben? Gilt dein Wort nichts? Weshalb willst du es brechen und mich kränken? Wieder Weiber und Weibergeschichten! Ich hatte gehofft, die Jugendtorheiten wären zu Ende.«

»Das sind sie. Nur zu sehr.«

»Was sonst treibt dich fort?«

»Verlangst du, daß ich rede, Johannes…«

»Nein,« – Heilwig hatte sich erhoben und streckte die Hand aus – »nein, keine Beichte. Ich bin nicht ein Gläubiger, dem du klipp und klar zurückzahlen mühtest, was er dir gegeben, nicht ein Weib, das mit nimmerzufriedener Neugier nach allem forscht, was man verschweigen möchte. Mein Leben kennst du und magst's übersehen bis in den letzten Winkel hinein. Du aber hast Stöße und Püffe erlitten, auch holdes Glück und Ruhm gewonnen. Da ist wohl so manches, was du ungern mitteilen würdest, manches, was dir nicht allein angehört. Und ich darf dir vertrauen, ob du mir deine Geheimnisse erzählst oder nicht.«

»Wenn du wüßtest,« begann Paul heiser, »wenn ich es dir sagen könnte...«

Er schnitt ihm das Wort ab: »Mein guter Junge, verstehen wir uns. Willst du mir dies Geständnis machen, das dir sichtlich schwer fällt, weil du denkst, ich könne vielleicht dir noch Rats schaffen zu gutem Ausgang?«

»Nein, nein, unmöglich ...«

»Also willst du mir es machen, um es nicht länger allein zu tragen? Auch das nicht? Einzig, weil du glaubst, es mir schuldig zu sein? Nun, Paul Gordon, so spreche ich dich frei. Du schuldest mir nichts. Ich habe an dein Inneres kein Anrecht. Behalte du für dich, was nur dein ist, ich rühre nicht dran. Und noch eins« – er war schon im Gehen begriffen, als er von der Tür wieder zurückkam: »ich redete vorhin in dem Wahn, dir sei besser hier still bei mir, als draußen in dem wüsten Gedränge von Neid und Liebe. Wenn es das nicht ist, geh und reise. Ich hemme dich nicht.«

Paul Gordon sank, da Johannes gegangen, am Tisch zusammen. Er lag, die Stirn in den Armen vergraben, das Licht im Leuchter neben ihm flackerte von den schweren Stößen seines Atems, der ruckweise, keuchend ihm aus der Brust kam. Vom Fenster strich die laue Nachtluft durch die Weinblätter her, sie trug ihm Rosendüfte zu. Er stieß die feuchten Haare zurück und richtete sich langsam auf.

Sie hatten es beide ja nicht gewollt, nicht kommen gesehen. Und nun war es da, und keine Kraft konnte es wieder ungeschehen machen.

Als der Morgen kaum graute, machte er leise, wie ein Dieb, sich davon. Er hatte zu seinem Koffer einen Zettel gelegt mit der Bitte, ihm denselben nachzusenden, und trug nur eine Tasche umgehängt.

Da er über den Hof ging, krähte der Hahn, in den Ställen erwachte das Leben, die Leute begaben sich an ihre Arbeit. Er schlug den abkürzenden Weg durch den Garten ein. Im ersten frühen Sonnenstrahl dufteten die Rosen und Lilien, daß er schneller schritt, weil ihm schwindeln wollte. Er ging an dem Gartenhaus vorüber, trat nicht hinein und kehrte dann doch wieder um. Draußen fing gerade der Gärtner an die Wege zu harken. Hier lagen die welken Rosenblätter noch wie gestern verstreut. Er bückte sich danach und griff sich eine Handvoll und drückte Lippen und Augen darauf. Sie kühlten, taten ihm wohl. Er barg sie sich an der Brust. Aber dann warf er rasch die verführenden Blätter wieder von sich, ging eilig fort und die Stufen hinunter. Durch eine Pforte in der Hecke, welche dicht hinter der Sommerhütte den Garten abschloß, trat er hinaus aufs freie Feld. Der erste Roggenschnitt hatte gerade gestern begonnen. Auf dem schmalen Fußpfade, den er schritt, standen ihm zu beiden Seiten die hohen, gelben, schwernickenden Ähren. Aber weiterhin gingen schon die Schnitter in langen Reihen, die Männer in weißen Hemdsärmeln, die Weiber mit ihren großen, übergestülpten Kiepenhüten von Stroh, so gelb wie das Erntefeld selbst. Als sie ihn von weitem erblickten, traten zwei von den Mädchen aus der Kette, warfen ihre Sicheln zur Erde und kamen, ihm den Weg zu verstellen. Auch er hielt inne. Sie banden das rote, grüngemusterte Band von knitternder Seide ihm um den Arm und sagten ihren Spruch dazu her.

Da er zuletzt hier bei der Ernte gebunden worden, hatte er die Mädchen geküßt und sie waren lachend davongelaufen. Damals – es war so lang' wohl nicht her – war er des Gutsherrn Freund gewesen. Und jetzt... Er griff in seine Tasche und kaufte sich mit einer Gabe von der Haft los. Die Mädchen standen und hielten jede in der Hand ein blankes Goldstück, zehnmal mehr, als sonst beim Binden ein Gefangener zur Lösung gab. Aber während er davonschritt, kehrten sie kopfschüttelnd zu ihrer Arbeit und fragten einander ganz betrübt, was wohl dem jungen Herrn – so hieß er immer noch auf dem Gut – geschehen sein könne, daß er völlig vergessen habe, wie billig er sonst davongekommen.

Er war auf den breiteren, ausgefahrenen Feldweg gelangt und hatte nicht weit bis zu der Chaussee mehr, auf welcher sich rascher vorwärts gehen ließ. Ein paar Knechte, die ihn gut kannten, riefen ihm fröhliche Wanderschaft nach. Und einer, da er seine Reisetasche bemerkte, trat zu ihm mit gelüfteter Mütze und fragte, ob er an den Herrn noch etwas zu bestellen habe? Der Mann war früher Paul Gordon einmal, da dieser gerade vom Heilwigshof fortreiste, auf einer entfernteren Station begegnet und hatte viele warme Grüße und Abschiedsworte für seinen Gutsherrn mit heimtragen müssen. Nun hörte Paul die Frage und stand und schaute vor sich hin. »Ja, grüß ihn,« sprach er langsam, »und sage... Nein, sage ihm nichts.«

Die Landstraße führt schnurgerade weiter zur nächsten Stadt. Man übersieht sie, bis sie sich in den Horizont verliert. Die Pappeln stehen steif und aufrecht, eine lange, endlose Linie, immer kleiner und kleiner werdend. Das Land ist flach, zu beiden Seiten dehnt es sich ohne Hügel und Wälder, ein wogendes, ununterbrochenes Kornfeld, hier gelb und reif, dort grüner gefärbt, fern verblauend in der Sonne. Paul Gordon schickte die Augen voraus, die weiter reichten und schneller gingen als seine bald von Staub und Hitze ermüdenden Füße. Bis zu jenem Baum, und dann noch drei, und dann nur ein Stückchen, ist das nicht das Ende vom Heilwigshof? Er meinte leichter gehen zu können, wenn er erst darüber hinaus sei. Im Städtchen würde er auch vielleicht, so dachte er, ein Fuhrwerk finden. Denn es war glühend heiß, die Sonne stieg höher, ihre Strahlen trafen senkrechter, sengender, und die Pappeln und die Felder glichen sich und nahmen kein Ende. Paul blieb stehen. Wo war denn die Grenze? Er sah einen Stein rechts zu Füßen einer Pappel und ging hinzu, um die Inschrift zu lesen: Hier traf ich mit Paul Gordon zusammen am

6. November 1850.

Es war das Denkmal, das Johannes dem Beginn ihrer Freundschaft gesetzt, Paul mußte sich an die Pappel lehnen. Die Augen taten ihm weh von der Sonne, Neunzehn Jahre guter Treue. Und heute vorüber. Ohne Dank und ohne Abschied. Die Leute hatten recht behalten. Es war nichts mit dem Vagabunden, den man hier von der Straße aufgelesen. Ein solcher Gesell taugt nicht in ein reines Leben, ein ehrlich Herz. Johannes Heilwig trug den Schaden. – So würden sie reden.

Nein, so sollten sie nicht reden. Johannes nicht, kein Mensch sollte ahnen, was jenem gedroht. War Verrat begangen worden, so hatte der allein zu büßen, der ihn beging. Und der andere, der schuldlos vertraute, durfte nicht Leid und nicht Makel erfahren.

Paul Gordon richtete sich von dem Denkstein straffer empor. Noch einen Blick warf er zurück auf den geraden, weißen Weg, den er hergekommen. Dann kehrte er sein Gesicht der Stadt zu und schritt geradeaus, ohne sich mehr umzuschauen. Und der Heilwigshof blieb im Sonnenschein, umgeben von dem goldigen Frieden seiner Felder, weit hinter ihm.

Das ist lange her. Es hat sich inzwischen dort wenig verändert. Das Leben des Gutes geht seinen alten, geregelten Gang, die Bewohner wie die Gäste blieben die gleichen. Das blaue Zimmer nur steht unberührt. Denn der sonst hier hauste, zählt zu den Toten. Und wenn der Gutsherr einen Fremden ehren will, führt er ihn hinein und erzählt von dem Freunde, der seines Lebens höchster Stolz war, dessen Verlust sein einziger Schmerz. An der Wand des Zimmers hängt das halbfertige Bild der Hausfrau und gegenüber ein zweites, vollendetes, welches der Maler zu Rom, in dem Winter, nachdem er zum letztenmal hier gewesen, aus der Erinnerung gemalt hat. Es zeigt dieselbe helle Gestalt, Rosen streuend, von Rosen umgeben, lieblich und jung, wie die Verkörperung erträumten, nie erreichbaren Glücks. Man sagt, daß es sein bestes Werk sei.

Frau Friede aber, wie sie jetzt aussieht, nicht mehr jung, ihrem Gatten fast ähnlich an friedlicher Güte des Ausdrucks und Wesens, blickt auf zu dem Bilde, wie man aus weiter, weiter Ferne zurückschaut auf stürmisch durchschifftes Meer. Als sie damals es Johannes zu gestehen versuchte, was seinen Freund von dannen getrieben, da hat er kopfschüttelnd sie nicht hören gewollt. »Laß gut sein, Kind, quäl du dich nicht. Ich kenne dich wohl. Und kenne auch ihn. Es ist seine Art nur, die dich verwirrt hat. Sein Kern ist edel, sein Herz treu wie deins, keines Verrats noch Undanks fähig.«

So hatte sie denn schweigen müssen. Und was sie an Reue, und was sie an Schmerzen zu tragen gehabt, das hat sie still allein getragen, allein verwunden. Als nach Jahresfrist die Kunde von Paul Gordons Tod auf den Heilwigshof kam, durfte sie ihn offen betrauern, als ihres Mannes und ihren Freund.

Sein Todestag steht auf dem Denkstein unter der Pappel aufgezeichnet: d. 18. August 1870. Der sein Leben von jeher mißachtet hatte, weil es keinem Menschen nützte, fand sein Ende, um anderen ihr Leben zu erhalten.

Er ist bei Gravelotte gefallen, als Krankenträger.

Über tredition

Eigenes Buch veröffentlichen

tredition wurde 2006 in Hamburg gegründet und hat seither mehrere tausend Buchtitel veröffentlicht. Autoren veröffentlichen in wenigen leichten Schritten gedruckte Bücher, e-Books und audio-Books. tredition hat das Ziel, die beste und fairste Veröffentlichungsmöglichkeit für Autoren zu bieten.

tredition wurde mit der Erkenntnis gegründet, dass nur etwa jedes 200. bei Verlagen eingereichte Manuskript veröffentlicht wird. Dabei hat jedes Buch seinen Markt, also seine Leser. tredition sorgt dafür, dass für jedes Buch die Leserschaft auch erreicht wird.

Im einzigartigen Literatur-Netzwerk von tredition bieten zahlreiche Literatur-Partner (das sind Lektoren, Übersetzer, Hörbuchsprecher und Illustratoren) ihre Dienstleistung an, um Manuskripte zu verbessern oder die Vielfalt zu erhöhen. Autoren vereinbaren direkt mit den Literatur-Partnern die Konditionen ihrer Zusammenarbeit und partizipieren gemeinsam am Erfolg des Buches.

Das gesamte Verlagsprogramm von tredition ist bei allen stationären Buchhandlungen und Online-Buchhändlern wie z. B. Amazon erhältlich. e-Books stehen bei den führenden Online-Portalen (z. B. iBookstore von Apple oder Kindle von Amazon) zum Verkauf.

Einfach leicht ein Buch veröffentlichen: **www.tredition.de**

Eigene Buchreihe oder eigenen Verlag gründen

Seit 2009 bietet tredition sein Verlagskonzept auch als sogenanntes "White-Label" an. Das bedeutet, dass andere Unternehmen, Institutionen und Personen risikofrei und unkompliziert selbst zum Herausgeber von Büchern und Buchreihen unter eigener Marke werden können. tredition übernimmt dabei das komplette Herstellungs- und Distributionsrisiko.

Zahlreiche Zeitschriften-, Zeitungs- und Buchverlage, Universitäten, Forschungseinrichtungen u.v.m. nutzen diese Dienstleistung von tredition, um unter eigener Marke ohne Risiko Bücher zu verlegen.

Alle Informationen im Internet: **www.tredition.de/fuer-verlage**

tredition wurde mit mehreren Innovationspreisen ausgezeichnet, u. a. mit dem Webfuture Award und dem Innovationspreis der Buch Digitale.

tredition ist Mitglied im Börsenverein des Deutschen Buchhandels.

Dieses Werk elektronisch lesen

Dieses Werk ist Teil der Gutenberg-DE Edition DVD. Diese enthält das komplette Archiv des Projekt Gutenberg-DE. Die DVD ist im Internet erhältlich auf **http://gutenbergshop.abc.de**